Wei... 2008

Lieb...

Wir ...

und ... Stunden beim

Lesen.

Sei lieb gegrüßt

Monika & Manfred

rororo

ro
ro
ro

Weihnachtsgeschichten am Kamin

23

gesammelt von

Ursula Richter und Barbara Mürmann

Rowohlt Taschenbuch Verlag

Originalausgabe
Veröffentlicht im Rowohlt Taschenbuch Verlag,
Reinbek bei Hamburg, November 2008

Umschlaggestaltung any.way, Cathrin Günther
(Foto: Corbis)
Satz aus der Bembo PostScript, InDesign,
bei Pinkuin Satz und Datentechnik, Berlin
Druck und Bindung CPI – Clausen & Bosse, Leck
Printed in Germany
ISBN 978 3 499 24798 9

Vorwort

In unserem Bekanntenkreis fanden sich im letzten Jahr einige Weihnachtsmuffel. Wir, als bekennende Weihnachtsfans, schienen langsam zu Fossilien zu geraten.

Von «Was, ihr backt tatsächlich noch Kekse?, aber wenn ihr schon mal dabei seid, ich könnte auch ein paar Plätzchen gebrauchen» über «Geschenke? Haben wir komplett abgeschafft» bis «Weihnachten? Nee, nicht bei mir, hier ist absolut weihnachtsfreie Zone» war alles vertreten.

Am ersten Weihnachtsfeiertag wollten Ursula Richter und ich uns mit einigen Gästen bei mir zum Weihnachtskaffee treffen. Ich war voll in meinem Element, der Tisch wurde schön gedeckt und dekoriert, viele Kerzen warteten auf ihren Einsatz.

Bereits am Vormittag klingelte es an der Tür, und zwei der Weihnachtsmuffel erschienen, um «nur mal eben» den Weihnachtsbaum anzugucken und fröhliche Weihnachten zu wünschen. Nach einer Weile verabschiedeten sie sich mit den Worten: «Vielleicht sollten wir uns nächstes Jahr doch mal wieder einen Baum kaufen, ein ganz kleiner würde ja schon genügen.» Sie stimmten freudig zu, als ich sie fragte, ob sie am Nachmittag zu unserem Weihnachtskaffee kommen wollten, und ich stellte zwei zusätzliche Gedecke auf den Tisch.

Das Telefon klingelte, und ein weiterer Weihnachtsmuffel fragte, ob man denn heute Nachmittag mal kurz reinschauen könne. «Klar», sagte ich und stellte ein Gedeck mehr auf den Tisch.

Auch bei Ursula Richter waren zwei Weihnachtsmuffel zum «Baumgucken» aufgetaucht, wie sie mir per SMS mitteilte. «Mitbringen», schrieb ich kurz zurück und stellte zwei weitere Gedecke auf den Tisch.

Es wurde ein richtig gemütlicher Nachmittag. Gäste, Familie und Zufallsgäste unterhielten sich bestens und naschten bei Musik und Kerzenschein Plätzchen und Stollen. Wir freuten uns über den Glanz in ihren Augen und die vielen Erinnerungen an frühere Weihnachtsfeste, die plötzlich auch bei den Weihnachtsmuffeln wieder wach wurden.

Vielleicht ist es doch ganz gut, dass sich die «weihnachtsfreie Zone» bei uns beiden nicht durchgesetzt hat.

Und sollten auch Sie zu Weihnachten zusammen mit der Familie, mit Weihnachtsmuffeln und Freunden gemütlich an einem großen Tisch sitzen und lustige, traurige oder besinnliche Geschichten hören, dann vergessen Sie bitte nicht, sie aufzuschreiben und uns für den nächsten Band der «Weihnachtsgeschichten am Kamin» zu schicken.

Ursula Richter und Barbara Mürmann

Heiligmorgen im Café Kröpcke

Barbara Hoth-Blattmann

Gerade in den Westen geflohen, führte mein Vater mich am Vormittag des 24. Dezembers 1948 zum «Konditern» ins Café Kröpcke. Er trug über seinem eleganten Anzug, aus dessen Ärmeln seidene Manschetten mit rotgoldenen Knöpfen herauslugten, einen pelzgefütterten Wintermantel, ich hatte meine langen Zöpfe unter eine Mütze aus Kaninchenfell geschoben und einen dazu passenden Schal um den Hals geschlungen. Meine dünnen Beine steckten in kratzigen, langen Schafwollstrümpfen, die an einem Leibchen hingen. Mit auf Hochglanz polierten braunen Lederstiefelchen, mit einer Einlegesohle und Watte in der Kappe passend hergerichtet, trippelte ich neugierig an Vaters Hand in diese unbekannte Welt. Ich wusste ja noch nicht, dass mich diese Stiefelchen jahrelang sommers wie winters begleiten sollten; im Sommer schlug ich die Söckchen über den Schaft, um Halbschuhe vorzutäuschen, und im Winter ersetzte ich die Einlegesohle durch dicke Socken, die dann aus dem Schaft ragten. Als dann meine Füße gewachsen waren, wurde die Kappe über den Zehen abgeschnitten, sodass sie freien Spielraum hatten.

Ich ahnte auch noch nicht, dass unsere Kleidung und das Geld für diesen weihnachtlichen Ausflug unsere letzte Habe darstellten, dass wir noch nicht einmal wussten, wo wir eine Bleibe finden könnten, weil die Frau eines

Kriegskameraden meines Vaters sich weigerte, uns aufzunehmen. Vor fünf Jahren hatte die beiden Männer sich Freundschaft zugesichert, wenn sie nach Kriegsende lebendig der sibirischen Hölle entkämen. Sie hatten beide überlebt, der eine fand seine Familie im Osten, aus dem er drei Jahre später innerhalb weniger Stunden «wegmachen» musste, der andere die seine im Westen, in Hannover. Das von den Männern gegebene Versprechen wurde nicht gehalten, weil die Frauen hinzukamen. Vielleicht war meine Mutter zu schön.

Also machte sie sich auf den Weg, eine Unterkunft zu finden, während mein Vater mich ins Café Kröpcke führte.

Das Café war gut besucht, alle Tische schienen besetzt. Alle Damen trugen einen Hut, hielten die Handtasche auf den Knien und hatten ihre Handschuhe links neben den Kuchenteller gelegt. Später beobachtete ich, dass eine Hannoveranerin, um angezogen zu sein, nie ohne Hut, Handtasche am Arm und Handschuhe in die Stadt geht. So hat jede Frau ihre Vorstellung von perfekter Präsentation. Meine Freundin gießt morgens ihre Balkonpflanzen zwar im Bademantel, aber sorgfältig geschminkt.

An diesem Vormittag jedoch war ich unsicher, ob ich nun auch mein Fellmützchen auf dem Kopf behalten müsse. Doch dieses Problem wurde von den zwei behüteten Damen, an die mein Vater sich mit der höflichen Bitte wandte: «Gestatten Sie, dürfen meine Tochter und ich an Ihrem Tisch Platz nehmen?», gelöst. Ihre schroffe Antwort: «Dahinten ist ein Tisch frei», ließ uns das Café verlassen.

Zur gleichen Zeit bot eine völlig fremde Frau meiner

Mutter an, mit Mann und Tochter für unbefristete Zeit bei ihr zu wohnen, denn es sei doch Weihnachten. Aus dieser Großherzigkeit erwuchs eine eigene Geschichte.

Seit Jahren nun besuchen meine immer noch schöne Mutter – ohne Hut – und mein wieder eleganter Vater jeweils am Vormittag des 24. Dezembers das Café Kröpcke zu einem Sektfrühstück. Neben dem Teller meiner Mutter liegen keine Handschuhe, ihre Hände umklammern auch keine Handtasche, und ihren Teller ziert auch keine Sahnetorte, sondern der als winzige Krone gehäufte Beluga-Kaviar.

Indes am Vormittag des 24. Dezembers 1958 mein Vater lächelnd sein Champagnerglas meiner Mutter entgegenhebt, gehen suchenden Blickes zwei Damen vorbei.

Ihre Accessoires weisen sie als Hannoveranerinnen aus. Mein Vater fragt sie charmant: «Meine Damen, möchten Sie nicht bei uns Platz nehmen?» Was tun? Das Café verlassen, weil kein Tisch mehr frei ist? Oder vielleicht doch die Etikette durchbrechen? Der Herr macht ja einen soignierten Eindruck, aber die Dame – ist sie ohne Hut wirklich eine Dame? – sieht die zwei mit sternenblitzenden Augen an: «Dürfen wir Sie zu einem Glas Champagner einladen?»

So sitzen zwei wohl behütete Damen am Tisch, halten zwei linke Hände zwei Handtaschen fest, umschließen zwei rechte Hände zierlich den Stiel ihres Champagnerglases.

Vielleicht wird ihnen gleich auch noch Kaviar serviert – und das alles umsonst am Heiligmorgen.

Heute, nach vielen Jahren, trage ich einen schwarzen Hut mit weit ausladender Krempe und passende hochhackige Schuhe. Ich besuche meine Eltern im Café Kröpcke.

Ihre Schatten sind da.

Ich sehe die blitzenden Augen meiner Mutter und die rotgoldenen Manschettenknöpfe meines Vaters.

Ich setze mich an unseren jetzt leeren Tisch und trinke ein Glas Champagner auf ihr Wohl.

Nur ein kleiner Trick

Edith Schmidt

Kann ein Weihnachtsmann zu alt sein? «Ich weiß nicht», sagte Oma. Sie sah Tom, ihren Ältesten, an, denn er führte das Wort in der Runde. Er hatte sich schon einen roten Kopf geredet an diesem Adventsnachmittag, sprach von «peinlichem Auftritt, den man der zarten Kinderseele, für die er als Vater ja schließlich verantwortlich sei, nicht zumuten könne und dass es ja nicht Opas Alter sei, sondern sein Gedächtnis, und dass man ihn deshalb unbedingt davon abbringen müsse, am Heiligen Abend wieder als Weihnachtsmann aufzutreten – die ganze Feier würde er sonst noch schmeißen durch seine Schusseligkeit». Die Kerzenflammen auf dem Adventskranz duckten sich unter seinen Worten.

«Mit dem neuen Medikament ist es aber in der letzten Zeit nicht schlimmer geworden», warf Oma ein. Tom hat sich schon immer für alles verantwortlich gefühlt, dachte sie, so ist er eben, und er nimmt seine Vaterrolle furchtbar ernst, zumal nach langem Warten noch ein Baby dazugekommen war. Trotzdem glaubte sie, dass es ihm nicht bloß um den Jungen ging, sondern vielmehr um Oma

Ingrid, Toms Schwiegermutter. In diesem Jahr würde sie zum ersten Mal am Heiligen Abend dabei sein. Vor ihr wollte er sich nicht blamieren, da sollte alles perfekt sein. Ingrid wirkte immer ein wenig kühl und distanziert, Oma nannte es schlicht hochnäsig, aber das behielt sie lieber für sich.

Tom sah nervös zur Tür. «Können wir eigentlich offen reden, oder kommt Vater gleich wieder herein?» – «Er ist schon nach oben gegangen und spielt dort mit Joni – das Kerzenlicht macht ihn immer so müde», beruhigte Oma ihn. «Dass der Junge überhaupt noch an den Weihnachtsmann glaubt», meinte Tante Heidi, «wo er doch in diesem Jahr in die Schule gekommen ist, eigentlich ist er dafür schon zu groß …» Sie erhielt keine Antwort, aber sie hatte auch keine erwartet. Da sie kinderlos war, hielt man sie in allen Erziehungsfragen schlicht für nicht kompetent.

Die anderen schwiegen. Es ging ja auch um Joni, das einzige Enkelkind – wenn man von dem Baby absah, das ja von Weihnachten noch nichts verstand. Auch Susanne hielt sich da raus. Sie nickte zu den Worten ihres Mannes, aber eigentlich war ihr die Debatte peinlich.

«Es ist schon ungewöhnlich», fuhr Tante Heidi fort, «wenn man bedenkt, welchen technischen Verstand der Junge mit seinen sieben Jahren hat, wie der mit seinem Computer und den anderen Geräten umgeht – und dann an den Weihnachtsmann glauben …» Tante Heidi wiegte den Kopf. Aber dann kam ihr eine Idee: «Vielleicht kommt es ja durch das Baby, da will er auch wieder klein sein, man liest es doch immer wieder … manche nässen sogar wieder ein …» Sie sah Susanne sorgenvoll an.

«Wir sollten beim Thema bleiben», meinte Tom schnell, ehe sich eine längere Diskussion über geschwisterliche

Eifersucht und ihre Folgen entfalten konnte. «Also», er sah in die Runde, «sind wir uns einig?»

Das nachdenkliche Schweigen, das nun eintrat, nahm er als Zustimmung. «Dann muss es ihm jemand sagen.»

«Ich nicht», sagte Oma und knöpfte energisch ihre Strickjacke zu. Sie hatte die Jacke an diesem Nachmittag schon ein paarmal auf- und wieder zugeknöpft vor Aufregung. «Er hat den roten Mantel seit einer Woche am Kleiderschrank hängen, und der Sack liegt schon zum Lüften auf dem Balkon – und er freut sich doch so …», fügte sie hinzu. Susanne streichelte ihren Arm. Tom seufzte tief, und wieder geriet das Kerzenlicht in Unruhe. «Na gut», sagte er, «vertagen wir das Ganze, ist ja noch eine Woche hin.»

Joni, der Inhaber der zarten Kinderseele, schlich leise die Treppe hinauf. Die Tür zu der Wohnung, in der die Großeltern seit ein paar Jahren wohnten, war nur angelehnt. Er fand Opa am Wohnzimmertisch, vor sich einen Versandhauskatalog, in dem er eifrig blätterte. Es war seine Lieblingsbeschäftigung, wenn er allein war. Dann redete er mit sich selbst und staunte über all die Sachen, die es heutzutage gab, an die man früher nicht einmal im Traum gedacht hätte. Joni setzte sich Opa gegenüber und sah ihn aufmerksam an. «Opa», sagte er, «wir müssen aufpassen, dass du nicht abgesetzt wirst als Weihnachtsmann.» Opa klappte den Katalog zu. «Och nee», sagte er, «warum denn?» – «Sie sagen, du vergisst zu viel.»

«Ach so», sagte Opa und blinzelte den Jungen an. Dann hob er die Schultern ganz hoch und ließ sie wieder fallen. «Schade …», sagte er und sah hinunter auf seine Hände, die den Katalog festhielten. Seine buschigen Augenbrauen, die Joni stets aufs Neue faszinierten, zogen sich zusammen und verdeckten fast ganz die Augen.

Joni war stolz auf seinen Opa. Niemand von seinen Freunden hatte einen Großvater, der sogar im Krieg und in Gefangenschaft gewesen war. Das allerdings wusste er nur von Oma, die viel jünger war. Opa selbst sprach nie darüber. Auf Jonis hartnäckige Fragen brummte er nur: «Ist nichts für so Kleine wie dich ... und für Große auch nicht!» Dann schwieg er stur und ließ sich nichts mehr entlocken.

Geschichten von früher dagegen, als er, Opa, noch ein Kind war und so alt wie Joni jetzt, erzählte er gern. Da gab es noch keine Heizung, sondern nur einen Herd in der Küche, und es gab auch kein Klo mit Wasserspülung und kein Badezimmer mit einer Wanne und keinen Fernseher. Das alles war für Joni unvorstellbar. Aber es gab schon Bücher mit schönen Bildern und Märchen – und wenn Opa dann eines dieser Märchen erzählte, dann blieb er nicht ein einziges Mal stecken. Am liebsten hörte Joni die Geschichte vom «Fischer und seiner Frau», die Ilsebill hieß. Ein verzauberter Butt kam darin vor, der alle Wünsche erfüllte, aber die Frau war so maßlos in ihren Forderungen, dass sie am Ende wieder so arm waren wie zuvor. Nie würde er, Joni, so unverschämte Wünsche haben – gerade jetzt vor Weihnachten nahm er sich das vor.

Joni kniete sich auf den Stuhl und kramte in seiner Hosentasche. Dann legte er ein Paar winzige Kopfhörer auf den Tisch und ein längliches Metallteil.

«Das ist ein MP3-Player», erklärte er. «Aha», sagte Opa und sah ziemlich ratlos aus. «Die Kopfhörer kennst du ja», fuhr Joni fort, «die musst du in die Ohren stecken – und dann auf diesen Knopf drücken.» Opa probierte … ganz langsam ging ein Schmunzeln über sein Gesicht:

«Von drauß' vom Walde komm' ich her …», murmelte er verblüfft.

«Nun kannst du nicht mehr steckenbleiben», sagte Joni, «unter dem Bart und der Kapuze fällt es gar nicht auf.»

«Das ist ja …» Opa suchte nach dem passenden Wort. «Verrückt …», lachte er schließlich, «… total verrückt!»

«Ach, ist ja nur ein kleiner Trick», meinte Joni bescheiden, breitete dabei aber die Arme aus, wie ein Zauberer, der nach einem gelungenen Kunststück reichlich Applaus erwartet. «Du bist ein Teufelsjunge», sagte Opa.

Heiligabend lag eine besorgte Spannung in der Luft. Würde Opas Auftritt reibungslos verlaufen? Tom sah schwarz, aber er hatte sich nicht durchsetzen können. Obwohl Opa erst gestern wieder einen peinlichen Beweis seiner Vergesslichkeit geliefert hatte – ausgerechnet bei Ingrid, was besonders unangenehm war. «Wo ist denn dein Mann …», hatte er sie gefragt. Dabei war der vor einem halben Jahr gestorben.

Je näher der Zeitpunkt für die Ankunft des Weihnachtsmannes heranrückte, umso nervöser wurde Tom. «Nimm dir mal ein Beispiel an deinem Sohn», sagte Susanne, «der ist die Ruhe selbst.» – «Joni wird eben langsam älter», meinte Tante Heidi, «er ist ja schon ein Schulkind, das merkt man gleich.»

Endlich klopfte es an die Tür, und die Familie nahm rasch ihre Plätze ein. Der Weihnachtsmann füllte den Raum, und alle lauschten seinen Worten, die er mit tiefer Stimme vortrug: «Von drauß' vom Walde komm' ich her, ich muss euch sagen, es weihnachtet sehr …» Ab und zu hielt er kurz inne und horchte gewissermaßen in sich hinein, was ihm eine ganz besondere erhabene Feierlichkeit gab. Das Baby begrüßte er mit verhaltener Stimme, damit es sich nicht fürchtet, und es war rührend anzusehen, wie Joni ehrfürchtig zu ihm emporsah und versprach, immer ganz brav und bescheiden sein zu wollen. Dann sangen alle «O du fröhliche …» gemeinsam mit dem Weihnachtsmann, der sämtliche Strophen ohne die geringste Unsicherheit anstimmte. Nur Tom verhedderte sich im Text und sang schon «himmlische Heere jauchzen dir Ehre», als noch «Christ ist erschienen, uns zu versühnen» kam. Der Weihnachtsmann hob drohend die Augenbrauen und ermahnte Tom, sich doch beim nächsten Mal besser vorzubereiten, schließlich sei er doch ein Vorbild! Toms zerknirschte Entschuldigung, dass es wirklich nur von der Aufregung gekommen sei, nahm er dann aber gnädig an. Zum Abschied strich der Weihnachtsmann Joni über die Haare und zwinkerte ihm zu, bevor er würdevoll hinausging.

Alle waren froh. Joni stürzte sich auf die Pakete, wobei Tante Heidi die Aufsicht übernahm. Tom scherzte erleichtert mit Ingrid, der das sogar sichtlich gefiel. Oma lächelte versonnen, Susanne freute sich, weil Tom sich freute – am meisten strahlte das Baby auf ihrem Schoß, obwohl es noch gar nichts von Weihnachten verstand.

Christusknaben

Christiane Röper

Es ist später Nachmittag. Eine schwache Wintersonne hat ihre Suche nach Schneeflocken aufgegeben und ist verschwunden. Ich sitze in meinem Rollstuhl und warte darauf, dass eine Pflegeschwester mich abholt und zur Kapelle bringt. Nach unserer Krippenfeier wird es ein kleines Fest mit warmen Speisen geben, spätestens um 21.00 Uhr werden alle im Bett liegen, denn dann übernimmt die Nachtschicht.

Ich bin nicht allein. Auf meinem Schoß sitzt Hermann. Er ist nur wenig jünger als ich und auf den Tag genau kennen wir uns fünfundachtzig Jahre. Es war Weihnachten 1922, als er auf mich unter unserem Baum wartete. Puppensammlern würde ein Blick unter seine Fußsohle genügen, um ihn als Käthe Kruses Schlenkerchen zu erkennen. Dazu lächelt Hermann nur, das hat er immer getan.

Ich schaue in seine handgemalten Augen und erinnere mich an einen anderen Heiligen Abend. Ich arbeitete als Küsterin in einer katholischen Gemeinde im Sauerland. Das war in den frühen Siebzigern, als die Gotteshäuser tagsüber noch nicht abgeschlossen wurden, denn die Menschen kamen in die Kirche, um Kerzen anzuzünden und zu beten, und nicht, um mitzunehmen, was ihnen nicht gehörte.

Es war noch eine knappe Stunde bis zum Beginn der Christmette, und ich kontrollierte noch einmal den festlich geschmückten Kirchraum. Die Krippe war links neben dem Altar aufgebaut, große Holzfiguren in bunten, handgenähten Gewändern, ein geschreinerter Stall, Schafe, Josef, Maria und zwischen ihnen … Das konnte doch, nein, das durfte nicht sein! Ich wollte meinen Augen nicht trauen, aber Jesus war weg! Dabei hatte ich ihn eigenhändig am Morgen in seine Tücher gehüllt und auf das duftende Heu gelegt. Nun lag dort ein Zettel, ein aus einem Schulheft gerissenes Blatt mit zwei Wörtern: «Nur geliehen»!

Ich lauschte einen Moment, aber wer auch immer das Jesuskind genommen hatte, war fort. Mir blieb nicht viel Zeit. Erfahrungsgemäß würden die beiden Geistlichen und die ersten Gottesdienstbesucher bald eintreffen. Es gab nur eine Lösung: Hermann!

Ich hastete in meine kleine Dienstwohnung. Die Kinder waren damals schon erwachsen, mein Mann Theo war verstorben. Hermann saß auf dem blauen Sofa und lächelte. Hektisch durchforstete ich den Wäscheschrank und wickelte meinen Puppenjungen schließlich in ein helles Frottétuch. Zum Glück war die Futterkrippe lang genug, sodass er hineinpasste. Trotzdem war er deutlich größer als unser Gemeindejesus. Kaum hatte ich ihn zwischen Heu und Stroh geschoben, als ich schon den Pfarrer aus der Sakristei rufen hörte. Jetzt half nur noch beten. Und wie es half! Abgesehen von den Schweißtropfen auf meiner Stirn und anderswo sowie einem pochenden Herzen, lauter als jedes Orgelspiel, verlief der feierliche Gottesdienst wie immer. Als der neue Vikar gegen Ende der Messfeier mit den Ministranten zur Krippe zog, habe ich einfach die Augen zugemacht. Später beim Auskleiden in der Sakristei meinte er nur, wir hätten ja einen richtig fröhlichen Christusknaben.

Ich wagte nicht, Hermann aus seiner Bettstatt im Heu

zu entfernen. So verbrachte er die Heilige Nacht und den Beginn des ersten Feiertages bei Ochs und Esel. Entgegen allen Vorschriften ließ ich die Kirchentür während der Nacht unverschlossen. Als ich am Weihnachtsmorgen zur Krippe schlich, sah ich, dass Hermann nicht mehr allein war, neben ihm lag das Jesuskind, zwischen beiden ein Zettel bekannten Aussehens mit nur einem Wort: «Danke!»

Der oder die Entleiher hatten also Wort gehalten. Ich habe nie erfahren, warum und wohin das Krippenkind verschwunden war, habe auch nicht nachgeforscht. Und Hermann, Sie wissen schon, hat nur gelächelt.

Vor einigen Monaten hat meine Enkelin Frieda uns zu einem Ausflug abgeholt, in der Nachbarstadt gastierte eine Wanderausstellung mit Käthe-Kruse-Puppen. Natürlich habe ich nach anderen Schlenkerchen gesucht, doch es gab nur ein Foto. Die Betreuerin der Ausstellung bewunderte Hermann und erkundigte sich, ob ich mir vorstellen könnte, ihn leihweise zur Verfügung zu stellen, aber das war mir unmöglich. Sie nickte verständnisvoll und fragte: «Wussten Sie eigentlich, dass ein Gipsabdruck vom ‹Segnenden Christusknaben› des bekannten italienischen Malers und Bildhauers Andrea del Verocchio Vorlage für den Kopf dieser Lausbubpuppe war?» Sprachlos schüttelte ich meinen Kopf, Hermann, so schien mir, schmunzelte stolz. Wahrscheinlich hat er immer gewusst, welch würdiger Vertreter des Jesuskindes er damals gewesen war.

Ich höre Schritte im Flur und weiß, gleich geht es los. Auch wenn ich es schon so oft feiern durfte, freue ich mich noch immer wie ein Kind auf das Weihnachtsfest. Im Spiegel sehe ich mein altes Gesicht und Augen, die glänzen vor Glück. Und Hermann? Der lächelt.

Weihnachten im Schlafanzug

Annette Baars

Als Maja aufwachte, spürte sie gleich wieder dieses Kribbeln im Bauch: Es war Heiligabend – der schönste und aufregendste, aber auch der längste Tag des Jahres. Sie blieb noch ein wenig im Bett liegen und überlegte, ob die Geschenke wohl schon unter dem Weihnachtsbaum lagen? Aber sicher war die Tür zum Weihnachtszimmer, zu dem das Wohnzimmer der Familie Bauer am Heiligabend immer wurde, wie in jedem Jahr abgeschlossen. Vielleicht könnte sie ja durch das Schlüsselloch lugen? Schnell zog Maja sich ihre dicken Socken an und huschte die Treppe hinunter. Ja, tatsächlich, die Tür war abgeschlossen, aber ein Blick durch das Schlüsselloch konnte ja nicht schaden. So ein Mist, es war noch viel zu dunkel, sie konnte nur den Baum als dunklen Schatten erkennen, mehr aber auch nicht. Plötzlich hörte sie ein Geräusch hinter sich! Maja hielt den Atem an und fühlte, wie ihr Herz schnell und laut pochte. Wer kam da die Treppe hinuntergeschlichen? Maja wagte nicht, sich umzudrehen. Da wisperte es hinter ihr: «Was machst du denn hier? Es ist ja fast noch mitten in der Nacht!» Es war ihr Bruder Ben, der sich nun neben sie stellte und ebenfalls versuchte, durch das Schlüsselloch zu spähen. «Bist wohl auch neugierig, was?» – «Nee, ich gucke nur, ob Wuschel hier ist!», flunkerte Maja. Aber das war eine schlechte Ausrede, denn Wuschel war ihr allerliebster Kuschelhund, ohne den sie nie ins Bett gehen würde. Ben nickte feixend: «So, so! Der war wohl so neugierig, dass er sich heute Nacht selbständig gemacht hat?!» Auch Maja musste nun grinsen: «Gut, dass wir nicht so neugierig sind!» – «Was machen wir jetzt?», fragte Ben. «Gehen wir wieder schlafen?» – «Wir könnten ja schon mal Frühstück machen und es Mama und Papa ans Bett bringen!», fiel Maja ein. «Klasse Idee, Schwesterchen, dann mal los!» Die Geschwister gingen in die Küche und holten das große Tablett vom Schrank. Dann angelte Ben nach der Kaffeedose. «Was meinst du, wie viel Kaffeepulver soll ich nehmen?», fragte er seine kleine Schwester. «Keine Ahnung! Schütte doch einfach den Filter voll, dann wird er bestimmt stark genug», schlug Maja vor. Ben folgte ihrer Anweisung und schaltete die Kaffeemaschine an. Maja holte das Geschirr aus dem Schrank und stellte es sorgfältig auf das Tablett. «So», sagte Ben, «nun noch Brot, Butter und Marmelade und den Kaffee in die Kanne füllen.» Im Handumdrehen stand alles bereit. «So, und nun los, leise die Treppe hoch!» Maja trug die Kaffeekanne, und Ben balancierte das Tablett. Oben angekommen, drückte Maja die Türklinke herunter. Meine Güte, war das hier dunkel! Sie tastete nach dem Lichtschalter und tauchte das Schlafzimmer der Eltern in blendendes Licht. Aus dem Ehebett klang erschrockenes Grunzen. Das konnte nur Papa sein! Verwirrt saß er aufrecht im Bett, Mama hatte sich die Decke über den Kopf gezogen, nur die Haarspitzen waren von ihr zu sehen. Verschlafen nuschelte Papa: «Was macht ihr denn hier so mitten in der Nacht?» – «Quatsch, Papa, es ist doch nicht mitten in der Nacht! Schau, wir haben Frühstück gemacht!», strahlte Maja. «Es ist fünf Uhr morgens und noch ganz dunkel!», klang es gequält unter dem Deckenberg hervor. «Aber heute ist Weihnachten!», protestierte Maja verzweifelt. Sie hatten sich solche Mühe gegeben, und Mama und Papa kriegten die Augen nicht auf! Entschlossen stellte Maja die Kaffeekanne ab, stürzte sich auf Mama und kitzelte sie wach, bis diese schließlich erschöpft stöhnte: «Erbarmen, wir ergeben uns und sind ganz furchtbar wach!» – «Na prima», grinste Ben, «dann können wir ja frühstücken!» Und schon schenkte er seinen Eltern Kaffee ein. Mama trank ergeben den ersten Schluck, riss die Augen auf und keuchte: «Das ist der stärkste Kaffee, den ich je in meinem Leben getrunken habe – das reinste Teufelszeug!» Papa sagte gar nichts, er blickte nur entsetzt in seine Tasse. «Gut», seufzte er, «da wir nun schon mal so wunderbar früh wach sind, können wir ja mal nach dem Wetter schauen.» Ben hauchte auf die Fensterscheibe, blickte hinaus in die Dunkelheit und drehte sich dann jubelnd zu der Familie um: «Es schneit! Große dicke Flocken! Seht doch nur!» Und schon standen alle vor dem Fenster und sahen hinaus in das Weihnachtswunder. Plötzlich hatten es alle sehr eilig, ins Badezimmer zu kommen und sich dann schnell anzuziehen. Kurz darauf liefen alle vier hinaus in den kalten klaren Weihnachtsmorgen. Dicke weiche Flocken fielen lautlos vom Himmel und bedeckten Bäume und Büsche, Dächer und Wege. Die Familie blieb stehen, um die weiße Pracht zu bestaunen. Maja legte den Kopf tief in den Nacken und streckte die Zunge weit heraus. Wunderbar schmeckte der fallende Schnee! Und Ben formte heimlich den ersten Schneeball und warf ihn Papa in den Nacken. Mit roten Wangen und strahlenden Augen genossen sie die Schneeballschlacht: Papa lief hinter Maja und Ben her und versuchte sie zu treffen, Mama schlich sich von hinten an und verpasste Papa eine gehörige Ladung Schnee. Schon bald waren alle außer Puste.

Mittlerweile hatte es zu schneien aufgehört. Mama, die kurz zurück ins Haus gegangen war, kam mit einer großen Tüte zurück und machte ein geheimnisvolles Gesicht. «Los, kommt!», lachte sie. «Wir nehmen die Schlitten und gehen in den Wald!» Papa machte ein kritisches Gesicht: «Dazu ist es doch viel zu dunkel, wir können den Weg gar nicht sehen.» – «Keine Angst», antwortete Mama, «ich habe vorgesorgt!» Und mit einer großen Geste holte sie die Gartenfackeln aus dem Beutel, die noch von Bens Geburtstagsparty im Sommer übrig geblieben waren. Nun gab es kein Halten mehr. Jeder steckte sich eine Fackel an, griff sich einen Schlitten, und schon ging es los, einmal über die Straße und dann über den Feldweg hinein in den Wald. Der Schnee knirschte unter ihren Stiefeln, und die Fackeln warfen geheimnisvolle Schatten zwischen den Bäumen.

Als sie die Rodelbahn erreichten, steckten sie ihre Fackeln in den Schnee, damit sie genug Licht hatten. Ben war natürlich der Erste, der sich auf seinen Schlitten warf und die Bahn hinunterschoss. Maja folgte ihm, zwar sehr viel vorsichtiger, aber mit genauso viel Vergnügen. Mama und Papa schlossen sich an, und bald sahen alle vier wie Schneemänner aus, als sie mit ihren Schlitten wieder und wieder den Berg hinaufschnauften, um gleich darauf wieder bergab zu rodeln. Schon bald glühten ihre Wangen, ihnen wurde heiß in ihren Jacken. Mama warf sich erschöpft in den Schnee: «Ich kann einfach nicht mehr, ich brauche eine Pause.» Papa ließ sich neben sie fallen und nahm sie in den Arm. Maja legte sich in einiger Entfernung in den Schnee und schaute in den dunkelblauen

Himmel, der am Horizont schon heller wurde. Ihr war ganz warm ums Herz, da war so ein großes Strahlen ganz tief in ihr drinnen. Ganz still war es, auch Ben hatte sich in den Schnee gesetzt und schwieg, auch er erfüllt von diesem wunderbar winterlichen Weihnachtsmorgen. Maja breitete glücklich die Arme aus und machte einen Engel im weichen Schnee. Dann drängte Mama zum Aufbruch, denn es wurde langsam kalt. Maja und Ben standen auf, und Papa malte in ihren Engelsabdruck mit einem Stöckchen *Frohe Weihnachten*. Mama lachte: «Das nennt sich dann Engelspost, oder wie? So originelle Weihnachtsgrüße bekommen auch nur die Waldbewohner!»

Es hatte wieder zu schneien begonnen. Die vier stapften durch den knirschenden Schnee und hatten Mühe, die Fackeln am Brennen zu halten. Mama sang «Leise rieselt der Schnee», Maja und Ben fielen mit ein, und Papa brummte den Bass dazu. Als sie zur Straße kamen, war die Siedlung erwacht, einige Autos fuhren langsam über die glatte Fahrbahn, in den Häusern waren vereinzelt schon helle Lichter zu sehen, Rauch stieg aus den Schornsteinen auf. Sie gingen durch die Gartenpforte, Papa schloss die Haustür auf und seufzte: «Erst mal unter die heiße Dusche, und dann hole ich Brötchen. Ein zweites Frühstück haben wir uns jetzt wirklich verdient!»

Als die ganze Familie geduscht und gefrühstückt hatte, gingen Papa und die Kinder los, um die letzten Einkäufe zu erledigen und noch ein paar Geschenke zu verteilen. Mama verbarrikadierte sich in der Küche und bereitete die Leckereien für den Abend vor.

Nach einem schnellen Mittagessen blickte Maja verzweifelt auf die Uhr: «Das dauert ja noch soooo lange bis zum Abend, das halte ich nicht aus!» Ben pflichtete ihr bei: «Wir müssen uns irgendetwas einfallen lassen. Papa, können wir nicht an deinen Computer?» – «Von wegen, am Heiligabend wird nicht gedaddelt!», protestierte Papa. «Wir können ja ein Spiel spielen, das haben wir schon lange nicht mehr gemacht», schlug Mama vor. Schon stürmten die Kinder begeistert in ihre Zimmer und holten die Spiele hervor, die schon viel zu lange in den Regalen verstaubten. Und so spielte die Familie bis in den Nachmittag hinein, lachte, stritt, ein paar Spielfiguren wurden wütend durch die Gegend gepfeffert, Siegesrufe klangen durch das Haus, bis Mama gar nicht mehr aufhören konnte zu gähnen. «Also», sagte sie, «ich muss für ein Stündchen ins Bett. Sonst schlafe ich bei der Bescherung ein. Irgendwie bin ich heute etwas früh aufgewacht!» – «Aber dann auch richtig, im Schlafanzug und alle in eurem Bett!», war die Bedingung von Maja. Zehn Minuten später lag die ganze Familie in ihren flauschigen Schlafanzügen unter den warmen Decken dicht gedrängt im elterlichen Bett, und es dauerte gar nicht lange, da waren alle eingeschlafen.

Als Ben aufwachte, war es stockdunkel. Er versuchte, auf den Wecker seines Vaters zu sehen – und erschrak: Die Leuchtanzeige stand auf einundzwanzig Uhr fünfzehn! Sie hatten geschlagene vier Stunden geschlafen! Und fast hätten sie den Heiligabend verschlafen! Ben rüttelte Maja und seine Eltern wach: «Mama, Papa, wacht endlich auf! Es ist schon nach neun, Heiligabend ist schon fast vorbei!»

Und so kam es, dass Familie Bauer zu später Stunde im Schlafanzug um den Weihnachtsbaum saß und noch einen sehr fröhlichen und gemütlichen Weihnachtsabend verbrachte, den sie so schnell nicht vergessen würde.

Havermanns Baumkuchen

Rolf Appel

Mitte der siebziger Jahre des vorigen Jahrhunderts arbeitete ich in einer kleinen Konditorei in einer großen Stadt.

Ich war einer von drei angestellten Konditoren. Besonders in der Vorweihnachtszeit konnten wir uns über ausreichende Beschäftigung nicht beklagen. Unser Arbeitstag hatte oft zwölf Stunden, und unser Chef, kurz vor der Rente stehend, ein ausgewiesener Fachmann, groß gewachsen und noch mit einer athletischen Figur ausgestattet, organisierte professionell den Arbeitsablauf. An die Zeitabläufe gebunden, leisteten wir Tag für Tag unser Pensum mit Achtung und Distanz zu unserem Chef und Inhaber der Konditorei.

Meine Arbeit bestand darin, in dieser Vorweihnachtszeit die bestellten Baumkuchen auf der sich drehenden Walze der Baumkuchenmaschine Schicht für Schicht zu backen und die ausgekühlten Baumkuchenringe des Vortages je nach Bestellung in bestimmter Größe nach Anzahl der Ringe mit temperierter Kuvertüre (helle, dunkle) und mit weißem Fondant (diese Ringe wurden vorher mit kochender Aprikosenmarmelade bestrichen) zu überziehen.

Ein besonderer Kunde waren die Havermanns, ihnen mussten unsere Baumkuchen besonders gefallen, denn die Liste ihrer Bestellung schien in dieser Zeit unendlich.

In der dritten Adventswoche hatten wir immer eine zweite Schulklasse der nahen Grundschule zu Besuch. Eine willkommene Abwechslung vom alltäglichen Arbeitsalltag.

Die Kinder waren mit leuchtenden Augen und Begeisterung dabei, unter unserer Anleitung einen mit Vanille, Zitrone und Zimt angereicherten Mürbeteig zu kneten, mit einem Holz auszurollen, um dann Sterne und Herzen auszustechen.

Die Backstube, in der wir ja in dieser kalten Jahreszeit auf keinen Fall frieren mussten, zeigte sich bei dieser Veranstaltung in einem besonderen Glanz, zumal wir bis auf unseren Chef alle rote Zipfelmützen auf dem Kopf hatten. Unser Chef nahm das zum Anlass, seine Konditoren mit der Klasse zu fotografieren.

Heiligabend dann, in der Früh, wenn wir das letzte Backwerk hergestellt hatten, rief er uns kurz zusammen, und dann gab es für jeden traditionsgemäß einen Briefumschlag mit einer kleinen Geldprämie zum Fest und eben ein Foto mit den Kindern. So wurde es auch an diesem Heiligen Abend gehandhabt.

Für Havermanns überzog ich den letzten Baumkuchen mit weißem Fondant, einen Baumkuchen mit beträchtlichem Durchmesser und mit sechs Ringen. Die Kollegen hatten schon die Backstube aufgeräumt und in einen feierabendlichen Zustand versetzt. Die Arbeit war getan, und unser Chef übergab uns wie üblich einen Briefumschlag, redete ein paar wohlwollende Worte und verabschiedete uns in die freien Weihnachtstage.

Am Rande der Stadt wohnte ich zu dieser Zeit mit meiner Frau in einer kleinen Wohnung, eine naturbelassene Gegend, wo wir uns wohlfühlten. Natürlich interessierte es mich, wie hoch die Geldprämie Heiligabend ausgefallen war. Bevor ich die Heimfahrt mit dem Pkw antrat, öffnete ich den Umschlag. Das Bild mit den Schulkindern war wohltuend gut getroffen, schauten wir doch alle erfreut an diesem Adventstag, aber die Geldprämie – von Deutscher Mark im Briefumschlag war nichts zu sehen. Der Umschlag enthielt nur das Bild. Zunächst konnte ich es gar nicht richtig einordnen. Irgendwas konnte ja nicht stimmen, vielleicht hatte ich in den letzten Monaten und besonders in der Vorweihnachtszeit einen größeren Fehler begangen oder so etwas in diese Richtung. Zurückgehen und den Chef zur Rede stellen kam mir nicht in den Sinn, zumal mir bekannt war, laut Aussagen der Kollegen, dass, wenn der Chef mit der Jahresleistung eines Angestellten nicht zufrieden war, der Briefumschlag zu Weihnachten durchaus leer sein konnte.

Innerlich aufgewühlt, begab ich mich auf die Heimfahrt. Wie an einem Heiligen Abend fühlte sich meine Stimmung nicht, eher wie einer dieser kühlen Dezembertage, wo die Kälte in die Kleidung aufsteigt und man sich wünscht, dass es bald wieder Frühling wird.

Zu Hause angekommen, erzählte ich meiner Frau die Geschichte. Die Wohnung war schon weihnachtlich geschmückt, das Licht der vier Adventskerzen und der Duft der Tannenzweige ließen meine Stimmung etwas besser werden, dennoch überlegte ich noch einmal in Ruhe, was ich in letzter Zeit beruflich gut und nicht so gut empfand.

Die Kaffeezeit war gekommen, meine Frau freute sich schon auf eine genüssliche Tasse Kaffee, als es an der Wohnungstür klingelte. Die Tür wurde von mir geöffnet, vor mir stand mein Chef mit seiner Frau. Er hatte eine rote Zipfelmütze auf dem Kopf und duzte mich. «Entschuldigung für die unerwartete Störung an diesem besonderen Tag, aber meine Frau hat vor einer Stunde bei der Tagesabrechnung bemerkt, dass ich deine Geldprämie zum

Weihnachtsfest nicht in den Briefumschlag gelegt habe. Ich habe es vergessen, einfach vergessen. Hier ist nun deine Extraprämie zum Weihnachtsfest, es tut mir leid, wenn ich dich zunächst enttäuscht habe.» Seine Frau nickte nur mit lächelnden Zügen im Gesicht, sie reichte mir einen etwa fünfzig Zentimeter hohen Karton, bevor der Chef seine Rede fortsetzte. «In dem Karton befindet sich ein weißer Baumkuchen, den du dir in diesem Jahr durch die besonderen Umstände verdient hast. Es ist der Baumkuchen mit den sechs Ringen, der traditionsgemäß, seit wir die Konditorei haben, Heiligabend auf unserem Kaffeetisch steht. Ein kleines Geheimnis der Konditorei, dass der letzte hergestellte Baumkuchen am Heiligabend dem Inhaber gehört. Ich setzte ihn immer auf Havermanns Liste, dann landet er bei uns auf dem Kaffeetisch, dieses Jahr gehört er dir.»

Mir fielen zunächst keine Worte ein, Chef und Chefin in einer so menschlichen Haltung, von einer gewissen Distanz keine Spur. Ich war überwältigt, aber langsam löste sich bei mir die Spannung, und ich spürte eine nicht beschreibbare Wärme in meinem tiefsten Inneren.

Meine Frau bat beide an den Kaffeetisch, es wurde ein besonders starker Kaffee gemeinsam getrunken, dazu wurde der Baumkuchen von mir angeschnitten, mein Chef erwähnte die angenehm empfundene Ruhe nach den geschäftlichen Tätigkeiten am 24. Dezember, und dann begann für uns alle der Zauber von Weihnachten.

Jahrzehnte sind seitdem vergangen, die kleine Konditorei gibt es nicht mehr, längst bin ich aus dem Berufsleben ausgeschieden, aber wenn unsere kleine Familie am Heiligen Abend am Kaffeetisch sitzt, steht noch immer ein weißer Baumkuchen auf dem Tisch. Dann schneide ich den

Baumkuchen an, und bei einer starken Tasse Kaffee erzähle ich die Geschichte von Havermanns Baumkuchen, und dann beginnt für uns ein besinnlicher Heiliger Abend.

Der gefallene Engel

Rudi Sweekhorst

... und es begab sich, so beginnt die Weihnachtsgeschichte.

So auch meine Geschichte, geschehen 1948, in Gerresheim, einem großen Vorort von Düsseldorf, herrlich auf einer Anhöhe gelegen, umringt von Wäldern und Feldern, das Tor zum Bergischen Land genannt. Gerresheim wurde 870 n. Ch. vom seligen Ritter Gerrich gegründet, und gleichzeitig ließ er ein Kloster für das hochadelige Damenstift bauen.

1236 wurde die Stiftskirche St. Margareta neben dem Kloster fertiggestellt und eingeweiht. Rund um die Kirche gruppierte sich der Stadtkern mit einem Marktplatz und wunderschönen, noch heute erhaltenen Fachwerkhäusern.

Viele religiöse Kostbarkeiten bezeugen, dass die Gerresheimer eine sehr fromme Gemeinde waren.

Zu dieser Zeit gab es fünf Geistliche: einen Pastor, einen Vikar und drei Kapläne, viele Vereine, Jugendgruppen, Kirchenchor und eine stattliche Messdienerschar, zu denen auch ich zählte.

Sie gehörten zum weihnachtlichen Stab, nicht zu vergessen die Krippenfreunde, die eifrig jedes Jahr Figuren schnitzten und wunderschöne Krippen zimmerten.

Bald hätte ich eine wichtige Person vergessen: «Ich und der Herr Pastor, wir haben beschlossen», so lautete das Credo unseres Küsters, liebevoll von allen Tünn genannt.

Dezember 1948, Weihnachten naht!

Wichtige Vorbereitungen wurden getroffen, denn der Küster und die Krippenfreunde hatten beschlossen, die lebensgroßen Krippenfiguren und der Stall werden in diesem Jahr hinter dem Hochaltar aufgebaut. Er lag vier Stufen höher als der Altarraum.

Alles wurde liebevoll eingerahmt von großen Tannen, die das Forstamt spendierte. Heu und Stroh kamen wie jedes Jahr von den umliegenden Bauern, vielleicht als Sünden-Nachlass!

Einige ältere Messdiener durften mithelfen. Dazu wurde ein Gerüst gebaut, damit die Krippe im Blickpunkt der Anbetung stand.

Der Stall, Birkenstämme mit Stroh bedeckt, kam in die Mitte. Zur Linken stand die Schafherde mit den Hirten, die rechte Seite wurde freigehalten, dort kamen erst am 6. Januar die Heiligen Drei Könige zu stehen.

Das Hauptbild bildete die Krippe, ausgelegt mit weichem Stroh, als Ruhestätte für die Heilige Familie, gefolgt von Ochs und Esel. Zwischen die zarte Maria und den mild dreinblickenden Josef wurde, kurz vor der mitternächtlichen Christmette, das «göttliche Kind» auf Heu gar warm und weich gebettet. Eine Arbeit unseres seligen Küsters.

Aber wo, bitte, war der Engel, der den Hirten und dem gesamten Gottesvolk das Kommen des Herrn verkünden soll? Unser Küster wollte hierzu nicht so recht mit der Sprache raus. Na!!!??? «Der wird schon pünktlich zur Weihnachtsmesse erscheinen», war seine Antwort.

Der Heilige Abend kam, die Glocken läuteten, sie riefen die frommen Gerresheimer zum Kirchgang auf, und schnell füllte sich St. Margarete bis zum letzten Platz. Im Halbdunkel begann der festliche Einzug der Geistlichen, gefolgt von einer stattlichen Zahl (achtzehn) Messdiener und vielen kleinen, quirligen Lichtträgern.

Zwei Männer schwenkten am Ende der Prozession Weihrauchfässer, und innerhalb kürzester Zeit war der gesamte Kirchenraum eingeräuchert.

Eingeübt nahm am Altar jeder seinen Platz ein, und die Feier konnte beginnen. Die Messdiener trugen das Weihnachtsevangelium vor, begannen mit der Herbergssuche, es setzten der Chor und die Gemeinde ein mit dem Lied: *Brich an, du schönes Morgenlicht,* und ganz feierlich erstrahlte ein Teil der Kirche in festlichem Licht.

Die Geschichte ging weiter bis zur Verkündigung und zur Geburt des Kindes, unterstützt durch das Lied: *Ehre sei Gott in der Höhe …*, nun gingen die Kerzen an allen Tannenbäumen und das Licht am Hochaltar an.

Was in diesem Moment zu sehen war, ließ selbst den gläubigsten Gerresheimer verstummen, statt das unser Engel den Hirten die frohe Botschaft verkündete, schwebte der vermisste Gottesbote in schwindelnder Höhe, an einem Drahtseil hoch über der Krippe. Die Messdienerschar schaute sich erstaunt an:

«Wann würde der Engel seine Arbeit, die Verkündigung aufnehmen und zur Erde herabschweben?» Neben großem Erstaunen war auf allen Gesichtern ein heiliges Grinsen nicht zu übersehen! Ob das Gutes verhieß? Eins war aber klar, der Engel in der Höhe wurde in dieser Nacht zur Hauptperson, und beim anschließend angestimmtem Lied: *Ehre sei Gott in der Höhe* galt DIE EHRE bei allen Bürgern eher dem Engel als dem «lieben Gott».

Später in der Sakristei enthielt sich die Geistlichkeit jedweden Kommentars, aber einige von uns älteren Messdienern hatten vielleicht zu laut gedacht. Wie sich herausstellte, sollte man nicht zu laut denken. So passierte zwei Tage später das «Unerklärliche». Unser Verkündungsengel besann sich seiner Verantwortung und fiel unsanft und mit lautem Knall kurz vor dem zweiten Weihnachtstagshochamt auf die Stufen des Altars und zerschellte in tausend Teile.

Wer hatte hier wohl die Hand im Spiel!? Die Messdienerschar?

Man ahnte Mithilfe. Hatte jemand beim Sturzflug nachgeholfen? So dachte zumindest unser Küster, sich sehr wohl an unsere grinsenden Gesichter und die Kommentare in der Mette erinnernd. Er konsultierte heimlich einen frommen Freund, den ansässigen Kriminalkommissar, und sie berieten, eine Sonderkommission einzuberufen! Aber es sollte anders kommen.

Zuerst einmal fand unser armer Engel seine letzte Ruhe im Klostergarten. Wo er lag, das blieb geheim.

Ganz im Gegensatz zum Engel Aloisius aus Bayern, der noch immer im Münchner Hofbräuhaus sitzt und drauf wartet, der bayerischen Regierung die göttlichen Ratschläge zu übermitteln.

Wer von uns am nächsten Tag in die Kirche ging, der glaubte auf dem Gesicht des Christkindes ein Lächeln zu sehen. Hatte unser Engel vor seiner himmlischen Heimkehr noch Lebewohl gesagt? Oder lächelte Jesus verschmitzt über den Absturz? Fest steht: Jeder Engel, an den man glaubt, hat eine Seele!

Die Auflösung unserer Geschichte … möchte sie Ihnen nicht vorenthalten:

Ein eifriger Krippenfreund hatte sich ein Stück des Drahtes beschafft, an dem unser Engel hing, brachte ihn zu einem Prüfingenieur. Dieser kam zu der Erkenntnis, Herr Küster hatte sich einen Aluminiumdraht besorgt, und dieser dehnt sich ganz langsam bei Schwingungen und Belastungen. Somit war der Fall vorprogrammiert, und unser Engel hatte keine Chance, lange Halleluja zu singen!

Waren nun alle Verdächtigungen aufgehoben?

Diese Frage blieb bis zum heutigen Tag ungeklärt, aber die älteren Gerresheimer scherzen noch immer nach der Weihnachtsmette über den Absturz des Engels und flüstern hinter vorgehaltener Hand:

«Auch Weihnachtsengel können fallen ... Gott sei Dank!»

Der geliehene Weihnachtsbaum

Edgar Dembeck

Schon Ende November war es für die Familie Bergmann absehbar, dass wohl in diesem Jahr die Weihnachtsbescherung ausfallen würde. Seit Erwin Anfang des Jahres seinen Job als Kraftfahrer verlor und seine Ehefrau Christa fast gleichzeitig an einer schweren Lungenentzündung erkrankte, hatte sich ihr Leben schlagartig verändert. Sie wohnten bisher bescheiden mit ihren beiden Kindern Wilhelm und Julia in einer Dreizimmerwohnung auf einem Bauernhof am Rande eines kleinen Dorfes.

Erwin hatte sich häufig gefragt, womit er denn das alles verdient habe. Er konnte doch nichts dafür, dass das Speditionsunternehmen wegen selbst verschuldeter Misswirtschaft Konkurs anmelden musste. Nun war er seit einigen Monaten Bezieher von Arbeitslosengeld und musste mit dem Geld gut haushalten. Am Monatsende blieb aber auch nicht ein Cent übrig. Nicht einmal für einen Weihnachtsbaum.

«Erwin, kannst du in diesem Jahr den Weihnachtsschmuck und die bunten Kugeln aus dem Schuppen holen? Ich bin einfach noch zu schwach, um aufzustehen», hüstelte Christa, als Erwin die Wohnung betrat. Er nickte schweigend und traute sich nicht, ihr seine bereits getroffene Entscheidung mitzuteilen. Christa und den Kindern wird es das Herz brechen, wenn sie in diesem Jahr keinen Baum im Wohnzimmer vorfinden werden, dachte er. «Du holst doch wieder einen schönen kleinen Weihnachtsbaum, gell?», rief sie aus dem Bett Erwin zu, der aus dem Schlafzimmerfenster auf den dunklen Waldrand schaute. Langsam begann es zu schneien, und er grübelte, wie und wo er einen Tannenbaum herbekäme. Beinahe ängstlich, fast schon mit einer zu langen Verzögerung antwortete er mit belegter Stimme: «Klar, Christa. Wie immer …» Dann verließ er wortlos den Raum. Er konnte es ihr einfach nicht sagen. Es schmerzte ihn zu sehr. «Ich gehe ein bisschen in den Wald, frische Luft schnappen!», rief Erwin seiner Frau noch zu, ohne sich umzudrehen.

Als der traurige Familienvater den Waldrand erreichte, musste er sich mit der Hand die Schneeflocken aus dem Gesicht wischen, so schneite es! Er blieb vor einer schmalen Tannenschonung stehen und klopfte sich die Winterjacke vom Schnee frei. Inzwischen war ein richtiger Schneesturm aufgekommen, und die Bäume hatten bereits weiße Hauben aufgesetzt. Sein Blick ging zu einem etwa einen Meter hohen Tannenbäumchen, welches direkt vor ihm am Wegesrand, aber etwas abseits von den anderen Bäumen stand. Es hatte einen geraden, hochgewachsenen feinen Stamm, eine wunderschöne Spitze und überall gleichmäßig verteilte Zweige. «Das wäre genau der richtige Weihnachtsbaum für das Fest!», dachte er und wollte weitergehen, als ihn irgendetwas zurückhielt. In Gedanken sah er diesen Baum schon wunderbar geschmückt im Wohnzimmer stehen. Und wenn ich ihn mir nur für ein paar Tage ausleihe und ihn nach Weihnachten wieder in den Wald zurückbringe, dann kann es eigentlich doch kein Unrecht sein, oder?, quälten ihn erneut die Überlegungen. Im Weggehen drehte er sich nochmals nach dem genauen Standort um.

Als er nach einer halben Stunde wieder vor seinem Wohnhaus stand, hatte er sich endgültig entschlossen. Die Familie Bergmann brauchte auch in diesem Jahr einen Weihnachtsbaum, und außerdem hatte er es seiner kranken Christa versprochen! In der kommenden Nacht und am folgenden Tag schneite es unaufhörlich, und Erwin Bergmann hatte schon Bedenken, ob er bei diesen extremen winterlichen Bedingungen überhaupt den Baum holen könnte. Er entschied sich, in den späten Abendstunden des 23. Dezembers den Weihnachtsbaum auszugraben. Dazu besorgte er sich noch einen Leinensack und einen gebrauchten Wassereimer. Um Mitternacht schlich er sich leise aus dem Schlafzimmer, zog seine dickste Jacke an und holte hinter dem Scheunentor den Spaten, den er bereits dort versteckt hatte. Der Bauernhof lag tief verschneit im Tal, und der Weg zum Waldrand war sehr anstrengend. Es schneite immer noch gleichmäßig kräftig, und der Familienvater war darüber sehr froh, denn als er vor der Tannenschonung stand, klopfte sein Herz so laut, dass er Angst hatte, man könnte dieses Pochen überall hören. Dabei quälte ihn natürlich ständig der Gedanke, vom Förster erwischt oder von irgendjemand gesehen zu werden. Als er vor dem fast zugeschneiten kleinen Tannenbäumchen stand und mit den Händen vorsichtig den Schnee von den Zweigen schüttelte, wusste er genau, dass diese Entscheidung richtig war. Er drehte sich noch einmal um, als wollte er nachsehen, ob alles in Ordnung ist, dann fing er an, mit dem Spaten das Bäumchen auszugraben. Nach einigen Minuten begann er mächtig zu schwitzen, und er war sich nicht sicher, ob es von der anstrengenden Arbeit oder von seinem schlechten Gewissen kam. Als er ihn endlich ausgegraben hatte, steckte er den Wurzelballen des Baumes mit der Erde in den mitgebrachten Leinensack und verschnürte diesen kräftig. Das entstandene Erdloch deckte er mit herumliegenden Zweigen zu und hoffte, dass der noch zu erwartende Schnee alle entstandenen Spuren alsbald beseitigen würde. Als er mit dem Bäumchen in der Hand am Wegesrand stand, schaute er zum Himmel und betete darum, dass er niemals erwischt werden würde. Erwin stapfte durch den tiefen Schnee nach Hause und blieb immer wieder stehen, um sich den Schweiß von der Stirn zu wischen. Behutsam trug er das kleine Tannenbäumchen unterm Arm, damit keine Zweige beschädigt oder abgebrochen werden konnten. Als er aus dem Wald heraustrat und weit im Tal die blinkenden Lichter des Dorfes sehen konnte, blieb er für einen Augenblick stehen, um sich auszuruhen. Vor ihm lag eine verzauberte Winterlandschaft. Trotz der Dunkelheit konnte er über die weißen Schneeflächen die fernen Hügel und die zugeschneiten Spitzen der Berge sehen. Nirgendwo waren Spuren im Schnee erkennbar, und diese friedliche Stille bewegte ihn sehr. «Es wird schon alles gut gehen. Ich habe die richtige Entscheidung getroffen», visualisierte er regelrecht und bemerkte erst jetzt, wie die Kälte durch seine Jacke drang.

Am frühen Nachmittag des Heiligen Abends stellte Erwin Bergmann das Bäumchen in einen größeren Blecheimer und dekorierte ihn liebevoll. Den Eimer mit dem Wurzelballen schlug er mit gebrauchtem Weihnachtspapier ein, und um den Baum legte er einige Hasel- und Walnüsse sowie etwas Obst, dass er von dem restlichen Geld gekauft hatte. Zum Schluss hängte er noch die bunten glitzernden Weihnachtskugeln an den Baum und brachte sorgfältig an jedem Zweig einen silberfarbigen Halter mit einer weißen Kerze an. Als er zurücktrat und den weihnachtlich geschmückten Baum betrachtete, huschte ein zufriedenes Grinsen über sein Gesicht. Genau so hatte er ihn sich vorgestellt.

Gott sei Dank ging es Christa inzwischen etwas besser, sodass sie für die Bescherung am 24. Dezember wieder aufstehen konnte. «Ich bin sehr gespannt auf unseren Weihnachtsbaum in diesem Jahr. Du hast ja ein richtiges Geheimnis daraus gemacht, Erwin!», rief sie ihm zu, während er seinen Anzug ausbürstete. Die beiden Kinder sprangen ungeduldig zwischen der Küche und dem Wohnzimmer hin und her. «Papa! Wir freuen uns auch ganz arg auf Weihnachten. Können wir jetzt schon reingehen und den Baum sehen?», plapperten sie laut weiter. Der Familienvater war davon überzeugt, dass trotz Arbeitslosigkeit und Krankheit die weihnachtliche Tradition insbesondere den Kindern gegenüber nicht gebrochen werden sollte. Als er mit den Kindern gegen siebzehn Uhr aus der Kirche nach Hause kam, hatte seine Frau schon die vielen Kerzen am Weihnachtsbaum angesteckt und das Essen vorbereitet. Im Hintergrund spielte leise aus dem Radio das Weihnachtslied «Ihr Kinderlein kommet …»

Es waren nicht nur für den Familienvater ergreifende und unvergessliche Momente. «Erwin, das ist der allerschönste Weihnachtsbaum, den ich je in meinem Leben gesehen habe. Ich danke dir von Herzen für dieses wunderbare Weihnachtsgeschenk!», flüsterte Christa ihrem Ehemann ins Ohr und umarmte ihn fest. Die beiden Kinder standen Hand in Hand vor dem hell leuchtenden Bäumchen und bestaunten dieses wortlos. Da wusste Erwin, dass sein wagemutiges und nicht ganz korrektes Verhalten ausnahmsweise richtig und wichtig für seine Familie gewesen war. Was wären das für Weihnachten ohne einen Tannenbaum? Wer hätte in die traurigen und unglücklichen Kinderaugen schauen wollen, und wer hätte, bitte schön, das alles den Kindern vernünftig erklären können? Niemand! Und so erlebte die Familie Bergmann unbeschwerte, fröhliche und auch besinnliche Weihnachtsfeiertage unter dem «ausgeliehenen» Tannenbaum, der durch sein Aussehen und seine Art und Weise, wie er stolz im Wohnzimmer stand, noch mehr Licht in die Herzen dieser Familie brachte.

Einmal ging Erwin Bergmann zwischen den Tagen alleine zur Tannenschonung, um nachzuschauen, ob aufgrund von möglichen hinterlassenen Spuren Rückschlüsse auf ein kleines fehlendes Tannenbäumchen denkbar wären. Beruhigt machte er sich wieder auf den Heimweg. Es waren keinerlei Hinweise oder Spuren vorhanden. Der reichliche Neuschnee hatte die Ausgrabungsstelle total zugedeckt. Als es im Januar am Tag der Heiligen Drei

Könige daran ging, den Baum wieder von dem Weihnachtsschmuck zu befreien, wurde es für ihn noch einmal brenzlig. «Erwin, wo willst du denn dieses schöne Tannenbäumchen eigentlich einpflanzen? Ist es dafür nicht doch noch zu früh?», fragte Christa ihren Ehemann und schaute ihm fest in die Augen. Nach einer kurzen Pause antwortete Erwin ruhig und gelassen: «Weißt du, hier auf dem Hof und in unserer Wohnung haben wir keinen Platz. Ich werde schon einen geeigneten Ort für ihn finden …» Irgendwann schlich sich Erwin heimlich aus der Wohnung und trug seinen ausgeliehenen Weihnachtsbaum bei Mondeslicht in die kalte Winternacht. Sorgfältig grub er ihn an der gleichen Stelle wieder ein, beseitigte alle Spuren, so gut es ging, und hoffte auf viel frischen Neuschnee. Niemand hatte ihn gesehen, keiner kannte das Geheimnis um diesen ausgeliehenen Weihnachtsbaum. Bergmann betete besonders darum, dass das Bäumchen wieder gut anwachsen würde und durch den Aufenthalt im warmen Wohnzimmer keinen Schaden genommen hatte.

Als im Frühjahr seine Ehefrau Christa vollkommen genesen war, lud er sie zu einem ersten Spaziergang in das Tal ein, wo außergewöhnlich schöne große und kleine Tannenbäume standen. Voller Begeisterung und mit strahlendem Gesicht zeigte er am Ende einer Schonung ganz bewusst auf ein besonders auffallendes, ungefähr einen Meter großes Tannenbäumchen, das etwas abseits am Wegesrand stand. Es war kerzengerade gewachsen, hatte gleichmäßig verteilte Zweige und sah dem Weihnachtsbaum in ihrem Wohnzimmer verblüffend ähnlich …

Doch lieber Punsch

Wolfgang Reuter

Das Erste, was Andreas im Bus wahrnahm, war der Weihnachtsmann. Er saß in der letzten Sitzreihe und war bis jetzt der einzige Fahrgast gewesen. Er sah genau so aus, wie Andreas sich als Kind den Weihnachtsmann vorgestellt hatte und wie man ihn heute vor Kaufhäusern und Supermärkten findet: roter Mantel, rote Mütze, weißer Plüschbesatz, weißer Vollbart. Nur die lange, schnabelförmige Nase passte nicht in das Bild des gemütlichen Bilderbuch-Weihnachtsmannes.

Vor Andreas stiegen zwei junge Männer ein, lösten beim Fahrer ihr Ticket und gingen sogleich nach hinten. Dort nahmen sie in der Reihe vor dem Weihnachtsmann Platz. Andreas, der mit seinen siebzig Jahren noch unter einer vor zwei Monaten erfolgten Hüftoperation litt, humpelte bis zur Mitte des Busses, wo er sich auf einen Sitz fallen ließ. Er hatte sich kaum gesetzt, als es hinter ihm losging.

«Hey, Weihnachtsmann, wo willste denn hin?» – «Sag mal, ist in deinem Sack auch was für mich?» – «Ist dein Bart echt, Alter?» – «Hättest dir aber 'ne andre Nase zulegen sollen.»

So ging es eine Zeit lang. Dann war das Fragen-Repertoire der Burschen erschöpft, und eine andere Stimme war zu vernehmen, offenbar gehörte sie dem Weihnachtsmann: «Schon mal was von ‹Rent a Santa Claus› gehört?»

«Kann man dich mieten?»

«Klar.»

«Und? Wie viel Kohle muss man dafür rausrücken?»

«Kommt drauf an. Am Heiligabend pro Besuch dreißig Euro.»

«Haste heute schon jemand beschert?»

Der Weißbärtige brummte etwas, das wohl eine Bestätigung sein sollte. Als Andreas sich umwandte, sah er, dass sich die zwei vor dem Weihnachtsmann aufgebaut hatten.

«Dann rück die dreißig Eier mal raus!»

Keine Reaktion.

«Hast dich ganz schön vollgesabbert. Bist wohl zu alt für den Job.» In der Tat zog sich ein breiter brauner Streifen durch die Watte des Bartes. Der Kleinere der zwei zog an dem Bart, der mit einem Gummiband am Nacken des Mannes befestigt war, und ließ ihn dann plötzlich los. Der Mann zuckte zusammen, sagte jedoch nichts.

«Soll ich's nochmal machen?», fragte der Kerl. Wieder keine Antwort.

Ohne weitere Warnung stieß ihm der Bursche die geballte Faust ins Gesicht. Diesmal löste sich aus dem Wattebart ein Stöhnen.

«Hört auf damit!», rief Andreas.

«Misch du dich nicht ein, Opa!»

Der Kleine schlug erneut zu.

Andreas rutschte zum Fenster hin, sodass die Sitzlehne ihn den Blicken der Gruppe entzog. Er griff zu seinem Handy, wählte 110 und sprach mit gedämpfter Stimme: «Überfall in Bus Linie 41 zwischen Schiller- und Ringstraße – aah.» Sein Aufschrei, verursacht durch den harten Griff eines der Halbstarken, der Andreas' Kopf an den Haaren nach hinten zog, hatte offensichtlich den Busfahrer erreicht. «Ich fahre durch!», rief er.

«Das wird dir noch leidtun, Opa», drohte der Strolch.

Er schlug Andreas mit der flachen Hand ins Gesicht und wandte sich wieder den anderen zu. Der Weihnachtsmann wollte offenbar Schlimmerem entgehen und zog aus seiner Manteltasche ein paar Geldscheine.

«Da steckt doch noch mehr drin!», rief der Kleine. Er packte mit der Rechten das Handgelenk des Weihnachtsmannes und fuhr ihm mit der Linken in die Tasche. Triumphierend zog er ein dickes Bündel Banknoten hervor.

«Halt den Bus an!», schrie sein Kumpan zum Fahrer hinüber, doch schon sprang durch die mittlerweile hereingebrochene Dunkelheit in Panthersätzen das Blaulicht heran, und das Martinshorn kündete vom Nahen des Gesetzes.

Nachdem der Streifenwagen den Bus überholt hatte, fuhr der Busfahrer sein Fahrzeug an den Straßenrand und öffnete mit Knopfdruck den vorderen Einstieg. Der schlaglüsterne Bengel stopfte die Banknoten, die er aus der Tasche des Weihnachtsmannes geholt hatte, rasch wieder zurück.

Zwei Polizeibeamte stiegen ein. Sie erfassten mit einem Blick die Lage und forderten die vier Anwesenden auf, sich auszuweisen. Der Ältere der beiden fixierte den Weihnachtsmann und sagte unvermittelt zu seinem Kollegen: «Das ist der von der Tankstelle.» Kaum hatte er es ausgesprochen, als der Weihnachtsmann aufsprang und durch den Mittelgang nach vorn zur Tür stürzen wollte. Doch ehe er sich's versah, war er überwältigt und trug Handschellen.

Andreas verstand die Welt nicht mehr, und auch die beiden Maulhelden standen verdattert da.

Einer der Polizisten wandte sich Andreas zu. «Heute Abend ist die Tankstelle an der Sandrockstraße ausgeraubt worden. Von einem Weihnachtsmann mit auffallend langer Nase. Nur dumm, dass der Typ, bevor er abhaute, sich noch eine Cola gegriffen hat und die Hälfte davon in seinem Bart landete. Sagt der Tankstellenpächter.»

«Gibt's keine Belohnung?», erdreistete sich der kleinere der Rowdys. «Ohne uns hättet ihr den doch nicht geschnappt.»

«Du willst wohl, dass wir euch auch noch mitnehmen», erhielt er zur Antwort.

Die Beamten verließen mit dem Weihnachtsmann den Bus, der unverzüglich seine Fahrt fortsetzte. Es wurde kein Wort mehr gesprochen, aber die jungen Männer saßen jetzt, nur durch den Mittelgang getrennt, in derselben Reihe wie Andreas. Der starrte vor sich hin, um ihren drohenden Blicken zu entgehen. Er hatte ihnen die Tour vermasselt, das würden sie ihm nicht durchgehen lassen. Als er sein Ziel erreicht hatte, stiegen sie nach ihm aus.

Bis zu seiner Wohnung war es knapp ein Kilometer. Obwohl ihm das Gehen schwerfiel, versuchte er rascher auszuschreiten. Die Straße war, soweit er es im milchigen Laternenlicht erkennen konnte, menschenleer. Er horchte nach hinten. Und richtig, es näherten sich Schritte. Energische Schritte.

Männerschritte. Sie hielten sich eine Zeit lang in kurzem Abstand, verharrten dann. ‹Die überlegen jetzt, wo sie über mich herfallen werden›, ging es ihm durch den Kopf. ‹Hätte ich doch bloß den Wagen genommen, statt mich von der Wettervorhersage ins Bockshorn jagen zu lassen.›

Andreas wagte nicht, sich umzudrehen. Die Angst kroch ihm durch jede Pore. Er zwang sich, an etwas anderes zu denken. Hatte er sich nicht vorgenommen, am heutigen Heiligabend eine Flasche Rotwein zu leeren? Das Geschäft des Weinhändlers, bei dem er gelegentlich einkaufte, war auch heute bis achtzehn Uhr geöffnet. Eine Flasche würde ausreichen, die trüben Gedanken zu vertreiben, die ihn seit dem Tod seiner Frau Petra vor vier Jahren an jedem Weihnachtsabend heimsuchten.

Jetzt war es Viertel vor sechs. Der Weinhändler wohnte neben dem Mietshaus, in dem Andreas seine Wohnung hatte. Das Geschäft lag auf Andreas' Heimweg, nur noch drei Straßen entfernt. Wenn sie ihm bis dahin eine Gnadenfrist ließen, würde er dort seinen Rotwein kaufen und dann mit dem Inhaber um sechs nach Hause gehen. Sie würden ihm nichts mehr anhaben können. Er beschleunigte seine Schritte.

Um sich abzulenken, blickte er im Vorüberhasten in dieses und jenes zu ebener Erde gelegenes Wohnungsfenster, aus dem ein Lichtschein fiel. Er sah Weihnachtsbäume, an denen die Kerzen brannten und um die herum die Bescherung im Gange war. So war es auch in seiner Familie gewesen, wenn er mit Petra und den beiden Kindern und später mit seiner Frau allein den Heiligabend verbracht hatte. Der Weihnachtsbaum hatte Jahr für Jahr in derselben Ecke des Wohnzimmers gestanden. Seit vier Jahren war diese Stelle an jedem Christfest leer geblieben. Die Kinder hatten längst schon eigene Familien, und einen Baum für sich allein zu schmücken war ihm seither wie Verrat an Petra erschienen. Er hatte den Karton mit dem Baumschmuck im Keller verstaut. Irgendwann würde er ihn weggeben.

Wieder die Schritte. Diesmal hielten die Männer keinen Abstand ein. Der Ring um Andreas' Brustkorb zog sich zu. Er hielt Ausschau, wusste nicht, wonach, aber irgendwer oder irgendwas musste ihm doch Schutz bieten.

Die Häuser an beiden Seiten der Straße wurden zu schwarzen Ungeheuern mit zahllosen Augen. Sie rückten näher und näher.

Jetzt waren die Verfolger unmittelbar hinter ihm, einer links, der andere rechts. Er zog den Kopf zwischen die Schultern und wartete auf den ersten Schlag.

«Frohe Weihnachten!», sagte der eine. Und «Frohe Weihnachten!» ertönte es auf der anderen Seite. Wollten sie ihn auch noch verhöhnen, ehe sie über ihn herfielen?

Er wandte den Kopf – und blickte in ein Gesicht, das er noch nie gesehen hatte. Und auch das auf der anderen Seite war ihm unbekannt. Zwei junge Männer, die nicht die geringste Ähnlichkeit mit denen aus dem Bus hatten.

Andreas blieb abrupt stehen, und als er begriffen hatte, konnte er wieder frei atmen. «Euch auch ein frohes Fest!», rief er den Männern nach. «Euch auch.» Aber die beiden konnten es schon nicht mehr hören. Er widerstand der Versuchung, hinterherzulaufen und die beiden zu umarmen.

Langsam setzte Andreas seinen Weg fort. Als er die Weinhandlung erreichte, fiel ihm der Rotwein ein. ‹Nein, doch lieber Punsch›, sagte er sich. ‹Wie früher mit Petra. Und vor dem Supermarkt da vorn verkaufen sie noch die restlichen Tannenbäume. Ich nehme mir einen mit.›

Das Fest

Beate Gruhn

Im Vorbeigehen lächelte Erika dem Pförtner zu, wünschte ihm ein frohes Fest, kehrte um, gab ihm einen Zettel: «Beinahe hätte ich es vergessen, die Telefonnummer unter der ich erreichbar bin, für den Notfall», und verließ die Klinik.

Draußen tobte der Schneesturm. Wenige Autos schlichen durch die Stadt. Erika hatte den Scheibenwischer auf die höchste Stufe gestellt, es half nichts, eine Eisschicht trübte den Blick. Wie immer funktionierte die Heizung bei ihrem VW-Käfer erst nach einer längeren Wegstrecke.

Das Auto macht mich noch wahnsinnig, wenn das so weitergeht, komme ich zu spät. Sie hielt an und kratzte die Scheibe frei, stieg wieder ein und fuhr langsam stadtauswärts. Wattige Flocken tanzten im Scheinwerferlicht. Von Böen aufgewirbelt, nahmen sie die Sicht. Erika beugte sich vor, konnte kaum noch den Straßenrand erkennen, wusste nicht mehr, ob sie rechts oder links fuhr. Sie hielt an, schloss die Augen, das Flimmern verschwand.

Diesmal sollte bei Onkel und Tante gefeiert werden. Ausgerechnet bei Onkel Friedrich, dachte Erika, und sofort kam wieder die Erinnerung, wie er in seiner Uniform eintrat, sofort den Arm hochriss, dabei die Hacken zusammenschlug, nur im Befehlston sprach und sie sich hinter der Mutter versteckte. Wie Tante Marga sofort sagte, er solle die Stiefel gleich ausziehen, sie könne den Anblick dieser schwarzen Ungetüme nicht ertragen. Erika schüttelte den Kopf. Wie komme ich jetzt darauf, das ist doch schon eine Ewigkeit her. Sie seufzte, startete den Wagen und schlitterte über die rutschige Fahrbahn.

Das Auto wurde warm, die Flocken schmolzen auf der Scheibe. Erika entspannte sich. Tante Marga hat mir auf dem Klavier vorgespielt, und ich habe getanzt und gesungen bei ihr als Kind, fiel es ihr plötzlich ein, und sie überlegte, wie lange sie sich nicht mehr gesehen hatten, während sie vorsichtig über die unberührte Schneedecke steuerte, langsam in die Seitenstraße bog und parkte.

«Endlich, Erika, wir warten schon lange, komm rein, es ist kalt», wurde sie von Onkel Friedrich empfangen, dessen scharfkantige Züge noch starrer als früher waren.

«Die Straßen sind sehr glatt», antwortete Erika, zog ihren Mantel aus und hängte ihn in die Flurgarderobe.

«Wenigstens bist du jetzt da, dann kannst du gleich mit dem Kochen anfangen, ich habe nämlich extra einen Karpfen für uns besorgt.»

«Ich soll einen Karpfen kochen? Das habe ich aber noch nie gemacht!»

«Eigentlich wollte deine Mutter kochen, doch hat der Zug Verspätung, und deine Eltern sind noch unterwegs», sagte Onkel Friedrich und zog sich Winterstiefel an.

«Ich denke, ich bin eingeladen», sagte Erika.

«Karpfen ist ein Traditionsessen, hast du das nicht gewusst?» Er nahm seinen Mantel.

Erika spürte, wie sie rot wurde. Ich glaub, ich dreh gleich wieder um, überlegte sie, besann sich jedoch und ermahnte sich, dass Weihnachten das Fest der Liebe sei und sie auf keinen Fall Streit mit dem Onkel haben wolle.

«Ich fang gleich mit den Vorbereitungen an», lenkte sie ein, «ich wasch mir nur vorher noch die Hände.»

«Was du brauchst, findest du in der Küche.» Onkel Friedrich setzte seinen Hut auf.

«Ich geh jetzt nochmals zum Bahnhof und schau, ob deine Eltern inzwischen eingetroffen sind.»

«Ich will noch Tante Marga begrüßen, wo ist sie denn?»

«Warte damit, sie erkennt dich sowieso nicht, beeil dich lieber mit dem Essen.» Die Haustür fiel ins Schloss.

In der Küche lag der Karpfen. Entsetzt blickte Erika den Fisch an, oder blickte der Fisch sie an? Dieser glasige Blick, der fette Körper. «Igitt!»

Sie setzte Kartoffeln auf, suchte nach einem Topf für den Fisch und durchwühlte hektisch sämtliche Schränke. Ich soll einen Karpfen kochen, und es gibt noch nicht mal einen passenden Kochtopf, ärgerte sie sich. Da fiel ihr Tante Marga ein. Die kann mir sicher helfen.

Leise öffnete sie die Wohnzimmertür und sah Tante Marga im Rollstuhl sitzen. Erschrocken blieb sie stehen, näherte sich langsam, beugte sich zu ihr und strich ihr über den Kopf: «Ich bin's, Tante Marga, die Erika.» Tante Marga sah kurz auf, und ihre Augen leuchteten im Moment des Erkennens. Dann glitt ihr Blick zurück in ihre Welt. So schlimm habe ich mir das nicht vorgestellt, dachte Erika, schlich in die Küche und setzte schließlich den Fischsud auf, blickte in den Garten und sah, dass der Schneefall nachgelassen hatte. Kurz darauf hörte sie Schuhe stampfen und Stimmen im Flur.

«Bin ich froh, dass ihr da seid, bei dem Wetter!», rief Erika, trat in den Flur und umarmte ihre Eltern und entschuldigte sich:

«Ich muss gleich wieder in die Küche.»

«Ich hab schon gehört, dass du für uns alle kochst, soll ich dir helfen?»

«Nein, nein, Mutter, jetzt hab ich alles im Griff.»

Nach einer Weile schaute die Mutter in die Küche und machte den Vorschlag, während das Essen kochte, schon mit der Bescherung zu beginnen, damit es nicht zu spät für Tante Marga würde.

«Ich komme gleich», sagte Erika und sah nach, ob das Essen kochte, nahm den Kurzzeitwecker und trat ins Wohnzimmer. Tante Marga saß regungslos im Rollstuhl.

«Frohe Weihnachten», sagte die Mutter und übergab dem Onkel ein Päckchen. «Einen Moment, ich habe was vergessen.» Erika legte die Zeituhr auf den Tisch, rannte hinaus und kam mit einer Schale Gebäck zurück.

«Die habe ich für euch alle gebacken.»

«Wie früher», sagte die Mutter mit leuchtenden Augen, und sie drückte Erika eine kleine Schachtel in die Hand, lächelte und nickte:

«Für dich.»

Erika nahm das Geschenk, entfernte die Schleife, dann das Papier und betrachtete eine Weile das Etui, befühlte den teuren Stoffbezug mit goldener Verzierung und sagte überrascht:

«Oh, wirklich für mich?» Und öffnete vorsichtig den Verschluss. «So ein teures Stück? Das ist aber schön, damit habe ich überhaupt nicht gerechnet, eine richtige Überraschung, vielen lieben Dank», und sie umarmte ihre Mutter, legte sich das Armband um, hörte, wie die Mutter sagte: «Ja, es ist von uns beiden.»

Sie ging mit erhobenem Handgelenk zum Vater.

«Wieso hast du Erika das Armband geschenkt, das ich dir zu deinem letzten Geburtstag geschenkt habe», hörte sie jetzt seine grollende Stimme. «Du hättest es mir zumindest sagen können.»

Die Zeituhr schrillte.

Erika entfernte das Armband, schmiss es auf den Tisch. «Ich will das nicht!» Und rannte in die Küche.

Während sie die Salatblätter zerriss, hörte sie durch die geöffnete Tür die Diskussion ihrer Eltern, vernahm den Hinweis der Mutter, das sei doch viel praktischer, Erika den teuren Schmuck jetzt schon zu schenken. Damit könne man schließlich zukünftige Erbschaftssteuern sparen.

Erika mischte den Salat im vorbereiteten Dressing, stellte ihn zur Seite und öffnete den Topf.

«Das passt», murmelte sie, balancierte den Fisch auf eine ovale Platte, drapierte vorsichtig die Kartoffeln schön um den Karpfen und streute zum Abschluss Petersilie darüber. Sie nahm die Salatschüssel, schaltete die Deckenbeleuchtung aus, sah aus dem Fenster, sah im Mondlicht den unberührten Schneetraum im Garten, sah ihn auf Ästen und Büschen. Am liebsten würde ich jetzt durch den schneeverhangenen Wald gehen, ging es ihr durch den Kopf. Sie atmete tief ein, verließ die Küche, stellte den Salat auf den festlich gedeckten Esstisch und holte anschließend die Platte mit dem Fisch.

Die Tante hatte man an den Tisch geschoben, die Eltern waren inzwischen übereingekommen, Erika ein anderes Geschenk zu geben, und Onkel Friedrich hatte vorsichtshalber wieder die Kerzen am Baum ausgeblasen.

«Damit nichts passiert», hatte er dabei gebrummt.

Der Vater schenkte den Weißwein ein. Man setzte sich. Erika stellte vorsichtig die Platte auf den Tisch, ging zu ihrem vorgesehenen Platz und fühlte im Rücken, wie die Kälte durch das Fenster strich.

Man wünschte sich einen guten Appetit. Der Vater erbot sich zu servieren, und die Mutter sagte, wie schön es doch sei, sich nach so langer Zeit wiederzusehen.

Da klingelte das Telefon. «Für dich», sagte Onkel Friedrich. Erika stand auf und übernahm den Hörer.

«Ich fahr gleich los», sagte sie und legte auf. «Ein Notfall in der Klinik, ein Kind, lasst euch nicht stören, ich finde schon raus, und noch guten Appetit.» Sie verabschiedete sich hastig, ging in den Flur, und während sie den Mantel anzog, hörte sie den Schrei von Onkel Friedrich:

«Um Gottes willen, einen Fisch ohne Kopf, den kann man doch nicht essen!»

«Erika war schon immer sehr praktisch», hörte sie noch die Antwort der Mutter, ehe sie die Haustür sacht schloss.

Dann wischte sie die Autoscheibe frei und fuhr durch die sternklare Heilige Nacht.

Der verspätete Heiligabend

Rita Hajak

Anfang Dezember 1968 war es mild und regnerisch. Wir hofften auf weiße Weihnachten. Mein Mann und ich hatten im August geheiratet und wohnten bei meinen Eltern, bis wir nun endlich in unsere erste gemeinsame Wohnung einziehen konnten. Meine Freude ließ sich durch nichts trüben, schon gar nicht durch die Wetterlage. Meine Eltern schauten traurig, als wir uns verabschiedeten. «Wir wohnen doch nicht aus der Welt», sagte ich. «Es sind gerade mal zehn Kilometer. Da können wir uns oft sehen», versprach ich. Ich muss allerdings gestehen, dass es schon ein merkwürdiges Gefühl war, nicht mehr in der vertrauten Umgebung der elterlichen Wohnung zu sein. Seit einigen Tagen wohnten wir nun in dieser schönen, kleinen Stadt am Taunus.

Zwei Tage vor Heiligabend waren wir mit Putzen, Einräumen und Dekorieren unserer Wohnung fertig. Die letzten Einkäufe vor dem Fest hatten wir ebenfalls hinter uns. Sogar ein kleines Weihnachtsbäumchen stand geschmückt in unserer Stube. Mit dem Wetter hatten wir ebenfalls Glück. In den letzten Tagen war Schnee gefallen. Auf den Straßen war er jedoch wieder weggetaut.

Am späten Nachmittag des 24. Dezembers fing es erneut an zu schneien. Innerhalb weniger Stunden war es kalt geworden. Mein Mann und ich saßen gemütlich auf dem Sofa und schlürften heißen Tee mit Rum. Dazu aßen wir von dem selbst gebackenen Stollen und den Plätzchen, die uns meine Mutter mitgegeben hatte. Im Radio hörten wir weihnachtliche Musik. Ein wohltuendes Gefühl umgab mich. Ich freute mich, das Weihnachtsfest mit meinem Mann alleine zu verbringen. Überall hatten wir Kerzen aufgestellt, die elektrische Beleuchtung am Weihnachtsbaum brannte. Draußen war alles zugeschneit. Keine Menschenseele war auf der Straße zu sehen. Zufrieden kuschelte ich mich in die Arme meines Mannes: Wir redeten von Erlebnissen aus früheren Zeiten. Schnell war es dunkel geworden, und ich wurde immer stiller. Eine große Traurigkeit war über mich gekommen. «Was ist los?», fragte mich Peter, mein Mann. «Ich weiß nicht, ich fühle mich plötzlich so einsam», sagte ich, und die Tränen traten mir in die Augen. «Das ist doch völlig normal», meinte Peter und nahm mich fest in den Arm. «Es ist das erste Weihnachtsfest ohne deine Eltern», sagte er und tätschelte liebevoll meine Hand. Ich nickte, aber das Gefühl wollte nicht weichen. Jetzt wäre es an der Zeit gewesen, den Fisch zu braten. Den Kartoffelsalat hatte ich morgens schon zubereitet. Aber ich rührte mich nicht. Ich heulte nur noch. Bestürzt sah Peter mich an. Er blickte auf die Uhr, es war halb sieben. «Schatz, komm, lass uns zu deinen Eltern fahren. Pack alles ein, essen können wir dort», sagte er. Erstaunt schaute ich ihn mit traurigem Blick an. «Und du bist nicht böse?», fragte ich. «Aber nein!» Er lächelte. So schnell hatte ich noch nie meine Sachen gepackt. Wir mussten mit der Bahn fahren, weil unser alter VW Käfer endgültig seinen Geist aufgegeben hatte. Es schneite unaufhörlich. Wir stapften einen Kilometer durch den Schnee zum Bahnhof. Glücklicherweise kam nach einer Viertelstunde der Zug. Zwei Stationen weiter stiegen wir wieder aus. Der Weg zu meinen Eltern war nicht weit. In den Fenstern der Häuser links und rechts der Straße flackerte warmes Kerzenlicht. Endlich waren wir da. Mein Herz klopfte vor Aufregung und Vorfreude. Ich klingelte. Ich klingelte noch einmal. Doch niemand öffnete. Wir sahen, dass in den Fenstern kein Licht brannte. Es war unbeschreiblich, was ich in diesem Moment empfand. Es war so enttäuschend, dass mir die Worte fehlten. «Das gibt es doch nicht», sagte Peter, «wo können sie sein?» Ich hatte doch hoffentlich nichts durcheinandergebracht? Nein, zu meiner Schwester würden wir erst morgen, alle gemeinsam, fahren, dachte ich. Oder hatten es sich meine Eltern anders überlegt? Wir standen vor dem Haus und schauten uns betroffen an. Mein Mann griff nach der großen Tasche und nahm mich bei der Hand. Schweigend gingen wir zurück zum Bahnhof. Wir versanken bis zu den Waden im Schnee. Ich war so verzweifelt und weinte leise vor mich hin. Erst eine Stunde später fuhr der nächste Zug in unsere Richtung. Es war eiskalt und ungemütlich in der kleinen Bahnhofshalle. Endlich hörten wir in der Stille des Abends das Geratter der Räder des heraneilenden Zuges. Keine Menschenseele saß im Abteil außer uns. Die Menschen sitzen alle vereint beieinander in der warmen Stube, dachte ich beschämt. Mein Mann tat mir leid. Ich hatte ihm den Weihnachtsabend verdorben. Aber kein Wort des Vorwurfes kam über seine Lippen. Dafür liebte ich ihn umso mehr. Es war fast neun Uhr, als der Zug in unserem kleinen Städtchen eintrudelte. In der Bahnhofshalle saßen zwei Leute auf der Bank. Auch so zwei arme Seelen wie wir, dachte ich, als mir ein Schrei entfuhr. Es waren meine Eltern. Ich stürzte mich auf meine Mutter und umarmte sie. Wir weinten vor Freude. «Was macht ihr denn hier?», schluchzte ich. «Wir fühlten uns auf einmal so einsam und dachten, ihr seid es bestimmt auch», sagte meine Mutter. «Und dann war niemand zu Hause. Leider habt ihr noch kein Telefon, sonst hätten wir vorher angerufen.» – «Uns ging es genauso», sagte ich und konnte meine Rührung nicht verbergen. Mein Vater zog mich in seine Arme. «Nun lasst uns endlich gehen», meinte mein Mann, «ich habe schon Eisklumpen an den Füßen.» Mein Vater stimmte ihm zu. Unterwegs benahmen wir uns wie die Kinder und sangen ganz laut: O du fröhliche …

In unserer Wohnung war es herrlich warm. Im Kaminofen flackerte ein kleines Feuer. Die Lichter am Weihnachtsbaum brannten. Meine Eltern waren begeistert von unserem neuen Heim. Es war schon nach zweiundzwanzig Uhr, als wir uns zum Essen niederließen. Jetzt hatten wir

Zeit. Es wurde ein wunderschöner Abend. Solange meine Eltern lebten, verbrachten wir Heiligabend nie mehr ohne sie. Heute noch, wenn wir mit unseren erwachsenen Kindern zusammensitzen, erzähle ich von diesem aufregenden Weihnachtsabend.

«Hilfe – mein Gepäck!»

Kurt Dittert

Die Reisenden auf dem Bahnsteig hielten erschrocken inne, drehten sich nach unserer Tochter um, von der dieser Hilfeschrei ausging. Diese starrte entsetzt dem abfahrenden Zug nach, aus dem sie eben mit ihrem Mann und dem kleinen Erik ausgestiegen war, um Weihnachten bei uns zu verbringen. Vor lauter Wiedersehensfreude nach langer Zeit – sie wohnte mit ihrer Familie mehrere Bahnstunden entfernt – hatte sie ihr Gepäck in der Bahn liegen lassen.

«Und ich Esel erzählte auch noch einer Mitreisenden, dass ich mich gerade auf dieses Weihnachtsfest ganz besonders freue, weil ich für meine Oma eine wertvolle Silberkette anfertigen durfte, die über tausend Euro wert ist.» Julika ist Goldschmiedin und über ihre Region hinaus für ihre aparten Schmuckkreationen bekannt. So hatte sie von ihrem Opa diesen lukrativen Auftrag erhalten, der nun seine Reise ohne ihre «Schöpferin» fortsetzte.

Das blanke Entsetzen stand in ihrem Gesicht geschrieben, denn neben diesem wertvollen Schmuck waren auch sämtliche anderen Weihnachtsgeschenke für den dreijährigen Sohn, uns Eltern, die Geschwister und die Verwandten in diesem Gepäck enthalten.

«Das kann ich alles vergessen und Weihnachten dazu», seufzte sie unter Tränen.

«Ach, jetzt gehen wir erst mal zum Fahrkartenschalter und melden den Verlust, dann sehen wir weiter», versuchte meine Frau sie zu ermuntern. Also machten wir uns dorthin auf.

Nanu!? Kein Licht im Service-Point? Was hatte das zu bedeuten? An der Tür hing ein Schild: «Am Heiligen Abend haben wir bereits ab 16 Uhr geschlossen. Wir bitten Sie um Verständnis! Bitten lösen Sie Ihre Fahrscheine am Automaten».

Verständnis hin, Verständnis her – und Fahrscheine brauchten wir ohnehin keine, sondern einen Ansprechpartner, der unsere Verlustanzeige entgegennahm.

«Was machen wir jetzt?», fragte unsere Tochter traurig.

«Jetzt fahren wir erst mal zu uns nach Hause und überlegen weiter, denn hier können wir ohnehin nichts ausrichten», versuchte ich sie zu beruhigen.

Das taten wir denn auch. Bei Tee mit etwas Rum (oder auch umgekehrt, weil es bitterkalt war) und köstlichem Christstollen, den meine Frau, wie jedes Jahr, gebacken hatte, gewannen wir langsam wieder Fassung, denn nicht nur Julika, sondern wir alle, auch der kleine Erik, waren betroffen ob dieses Missgeschicks.

«So, jetzt rufen wir mal den nächstgrößeren Bahnhof an», meinte meine Frau. «Dort ist vielleicht der Service-Point noch besetzt.» Gesagt, getan – und zwar mit Erfolg, allerdings lediglich, was die Erreichbarkeit des Ansprechpartners betraf.

«Welche Zugverbindung haben Sie denn benutzt? Wann

sind Sie in München losgefahren? Wo sind Sie vorher noch umgestiegen? Sind Sie sicher, dass Sie Ihr Gepäck nicht bereits beim ersten oder zweiten Umsteigen liegen gelassen haben?»

Nein, das war Julika keineswegs, meinte aber doch, in München noch alles beisammengehabt zu haben.

«Tja – dann wird das Gepäckstück zwischen München und Berlin so lange hin- und herfahren, bis es einem Reinigungs-Team auffällt. Aber – die machen auch über Weihnachten Urlaub und fangen erst am 27. Dezember wieder mit ihrer Arbeit an. So lange müssen Sie sich schon gedulden, wenn Sie das Gepäck überhaupt wiederkriegen, denn gerade an Weihnachten verschafft sich mancher noch ein zusätzliches, kostenloses ‹Überraschungsgeschenk›! Tut mir leid!»

«Dann ist Weihnachten vorbei!», seufzte unsere Tochter.

Das war ein Heiliger Abend …! Julika saß tränenüberströmt in der Küche, wo meine Frau das Festmahl zubereitete. Die Wimperntusche hatte sich aufgelöst und schwarze Inseln auf ihren bleichen Wangen gebildet. So glich sie eher einem Aschenputtel, das neben dem Herd über sein trauriges Schicksal nachdachte, als einer fröhlichen jungen Frau, der die Weihnachtsfreude im Gesicht stand. Nein, einen solchen Heiligen Abend möchten wir alle nicht nochmals erleben.

Nur mit Mühe gelang es uns, über unseren Schatten zu springen. An Singen von Weihnachtsliedern war nicht zu denken. Uns wären die Töne im Hals stecken geblieben. Bald gingen wir schlafen, was unserer Gewohnheit am Heiligen Abend durchaus nicht entsprach. Da konnte es sonst fast früher Morgen werden, bis wir uns vor lauter Erzählen, Betrachten der Geschenke, ersten Lektüreproben der Buchgeschenke und erstem Hinhören auf die neuen Musik-CDs endlich trennen konnten.

«Nox sanat» («Die Nacht heilt») sagt ein lateinischer Philosoph. Das erfuhren wir auch am nächsten Morgen. Noch vor dem Frühstück, bevor Julika mit Erik vom Gästezimmer nach oben ins Wohnzimmer kam, hatte Martin, ihr Mann, schon beim Service-Point unserer Kreisstadt angerufen und tatsächlich Verbindung bekommen.

«Ja, ich nehme jetzt die Verlustmeldung auf und gebe sie nach Stuttgart weiter. Dort ist der Sammelpunkt für alle vermissten Gepäckstücke. Wenn jemand die Reisetasche, auf die Ihre Beschreibung zutrifft, gefunden – und auch abgegeben – hat, dann besteht lediglich dort eine Chance, sie wiederzubekommen. Sobald ich von Stuttgart Bescheid bekomme, rufe ich Sie wieder an.»

Nun ja, ein kleiner Funke Hoffnung war wiedererwacht, auch bei unserer Tochter, die an das Gute im Menschen gerne geglaubt hätte.

Stunden vergingen. Bei jedem Klingeln des Telefons wuchs die Hoffnung auf Erfolg. Mehrmals leider vergeblich. Da endlich! Stuttgart meldete sich direkt bei uns. Eine Tasche wurde eben abgegeben. Sie stammt aus der Verbindung München–Berlin und ist jetzt von Berlin wieder zurückgereist und an der Sammelstelle eingetroffen.

«Aber Sie müssen schon persönlich vorbeikommen und über den Inhalt Auskunft geben. Wir werden dann in Ihrer Gegenwart die Tasche öffnen und Ihre Angaben überprüfen. Wenn alles stimmt, können Sie Ihr Gepäck gegen eine kleine Aufbewahrungsgebühr mitnehmen.»

«Hurra!», riefen wir alle, und unsere Mienen hellten sich sichtlich auf. Auch der kleine Erik stimmte in unsere

Hurrarufe ein. Also, nichts wie ins Auto und zum Hauptbahnhof Stuttgart.

«Da steht sie ja!», rief Julika überschwänglich und sichtlich erleichtert. Die Kontrollprozedur ging schnell vonstatten. Alles stimmte, sogar der wertvolle Schmuck war unversehrt vorhanden. Jetzt konnte wirklich Weihnachten werden – und wir haben so fröhlich und beglückt gefeiert wie nie zuvor. Es gab doch noch gute Menschen – vielleicht sogar gerade *wegen* Weihnachten!

Der Lohmann

Konni Mente

Ich weiß nicht, wie alt er war, aber er gehörte zu diesen Leuten, bei denen man annimmt, sie seien achtzig – und das schon seit dreißig Jahren.

Er verließ das alte Haus, in dem er wohnte, nur selten. Morgens holte er die Post herein, einmal in der Woche ging er bei Schmidts einkaufen.

Als Kinder hatten wir alle Angst vor ihm. Er lächelte nie – die Mundwinkel waren heruntergezogen, die Stirn war böse gerunzelt –, und wenn er schimpfte, dann rannten wir. Der Lohmann fraß bestimmt kleine Kinder, daran glaubten wir, obwohl es keine direkten Beweise dafür gab.

Er selbst machte kein Geheimnis daraus, dass er Kinder, Kirche und Ausländer hasste, und so war er auch alles andere als begeistert, als Familie Rausch im Herbst in das Nachbarhaus einzog. Auch noch Ausländer, schimpfte er, als er erfuhr, dass seine neuen Nachbarn Weißrussen waren, und zur Strafe grüßte er sie nicht. Sie aber grüßten ihn stets freundlich und hartnäckig weiter, sodass ihm nach einem Monat nichts anderes übrig blieb, als den Gruß zu erwidern.

«Warum guckst du so böse?», fragte ihn der neunjährige Alexander eines Tages ganz unvermittelt. «Bist du ärgerlich oder traurig?» Diese Frage machte Herrn Lohmann wirklich ärgerlich, denn seine Gefühlslage ging keinen etwas an, schon gar nicht dieses Russenpack.

Er antwortete nicht, sondern ging ins Haus, und sein Blick fiel in den Spiegel. Wo stand geschrieben, dass man stets ein Grinsen im Gesicht tragen musste? Er, Kurt Lohmann, konnte gucken, wie er wollte, und niemand brauchte sich darum zu scheren. Frech war dieser Junge, rotzfrech.

Am nächsten Morgen wagte der Bengel es sogar, bei ihm zu klingeln. Er fragte, ob Herr Lohmann vielleicht Schlittschuhe hätte, alte, die ihm nicht mehr passten.

Nein, er hatte keine. Aber selbst wenn er welche gehabt hätte, dem Ausländer hätte er sie nicht gegeben. Unfreundlich fertigte er ihn vor der Tür ab, aber zwei Tage später erschien Alexander wieder bei ihm, dieses Mal, um ihm einen Topf mit Borschtsch von seiner Mutter zu bringen.

Herr Lohmann wusste genau, dass das alles Berechnung war, und wollte das Geschenk nicht annehmen, aber der Junge war hartnäckig.

So nahm er schließlich den Topf entgegen. Er schloss die Tür, aber bevor er die rote Brühe ins Klo kippte, probierte er doch einen Löffel davon und war überrascht, dass die Suppe durchaus essbar war.

Am nächsten Tag ärgerte er sich darüber, die Suppe angenommen zu haben, denn jetzt hatte er ein Problem. Wie sollte er den Topf wieder zurückbringen? Er entschied sich dafür, fünf Euro hineinzutun, denn darauf waren sie wohl aus, diese Russen. Er selbst wollte keine Almosen, hatte er auch gar nicht nötig.

Er wartete, bis die Familie nicht zu Hause war, und stellte dann den Topf auf die Türschwelle.

Einen Tag darauf hatte er die fünf Euro wieder im Briefkasten. Was wollten diese Leute von ihm? Waren fünf Euro etwa zu wenig?

In der Adventszeit wurde es immer schlimmer. Zuerst hatte er am Nikolaustag eine Tüte Plätzchen an der Türklinke hängen, dann luden sie ihn zum Adventskaffee ein, zu dem er natürlich nicht hinging, und schließlich schoben sie bei ihm Schnee und hackten für ihn Holz, als sie sahen, dass er einen Hexenschuss hatte. Auf keinen Fall wollte er in ihrer Schuld stehen, und so wollte er ihnen fünfzig Euro geben. Sie aber lehnten das Geld dankend ab und nannten es «Nachbarschaftshilfe».

Eine Woche vor Heiligabend kam Frau Rausch zu ihm und lud ihn zum Heiligabend ein. Natürlich würde er nicht hingehen, aber er war so überrumpelt gewesen – noch nie war er zum Heiligabend eingeladen worden –, dass er sich für die Einladung erst einmal bedankt hatte.

Immer noch fragte er sich, was diese Leute im Schilde führten. Sollte er die Polizei verständigen? Diesen Gedanken verwarf er wieder, denn er wollte sich nicht lächerlich machen.

Der 24. Dezember rückte immer näher, und er hatte es noch nicht über sich gebracht, Frau Rausch eine Absage zu erteilen. Als er zum Einkaufen ging, sah er Alexander am

Rande des zugefrorenen Teiches stehen, seinen Freunden beim Schlittschuhlaufen zuschauend. Als er Herrn Lohmann erblickte, kam er auf ihn zugelaufen und umarmte ihn lachend. Herr Lohmann erschrak. Niemand hatte ihn umarmt, seit er ein Kind gewesen war. Tränen schossen ihm in seine Augen, und er ärgerte sich darüber. Sein Vater hätte ihn für diesen Gefühlsausbruch verachtet.

«Herr Lohmann, ich freue mich schon so auf Heiligabend. Kommst du auch in die Kirche mit uns?», fragte Alexander, und er hatte keinen Mut, dem Jungen zu sagen, dass er auf keinen Fall kommen würde, weder zur Kirche noch zu ihnen. Er hatte keine Familie, und er brauchte keine.

Überhaupt war sein ganzes Leben durcheinandergeraten, seit er die neuen Nachbarn hatte. Er ertappte sich bei allerlei Gefühlsduseleien, auf die sein Vater keineswegs stolz gewesen wäre, und er musste den Kontakt schnell beenden, bevor es zu spät war.

Dann kam alles anders.

Er wusste nicht, warum, aber er hatte ein Paar Schlittschuhe für einen Neunjährigen gekauft und wollte seine Freude darüber sehen. Deshalb – und nur deshalb – stapfte er durch den Schnee um achtzehn Uhr zu Rauschs.

Frau Rausch begrüßte ihn wie einen Verwandten, Alexander sprang ihm an den Hals, und Herr Rausch gab ihm die Hand und bot ihm den einzigen Sessel an.

Er selbst wusste gar nicht, was er sagen sollte. Einen Moment lang wollte er flüchten, während ihm die Tränen in die Augen schossen. Aber irgendeiner hatte ihm die Jacke weggenommen, und er saß bereits in diesem Weihnachtszimmer, das etwas ärmlich auf ihn wirkte und ihn irgendwie an die Weihnachtsgeschichte erinnerte.

Die Möbel waren nicht sehr geschmackvoll, es fehlte einiges. Dennoch fühlte es sich gemütlich und warm an.

Der Tannenbaum war geschmückt, der Tisch liebevoll gedeckt, und das Essen roch wunderbar. Es kam ihm vor, als würde seine Mutter noch leben. Nach dem Essen sangen sie Weihnachtslieder, und dann wurden die Geschenke verteilt. Er habe nur das Geschenk für Alexander, bemerkte er beschämt, als Frau Rausch ihm einen selbst gestrickten Schal schenkte.

Er bedankte sich gerührt für diesen wunderbaren Abend, und die Freude Alexanders über die Schlittschuhe spiegelte sich auf seinem eigenen Gesicht wider, als er nach Hause ging.

Nur zur Kirche wollte er nicht mitgehen, zumindest dieses Jahr noch nicht.

Heiligabend auf der Intensivstation

Konrad Hammann

Schon vierzehn Tage vor Weihnachten wurde uns bewusst: Unser Wunsch, das Weihnachtsfest im eigenen Heim gemeinsam zu erleben, konnte sich nicht erfüllen. Weihnachten auf Intensivstation! Für die Normalstation im Klinikum war Kathrin zu krank. Wie aber würde das werden? War das überhaupt möglich? Weihnachten ohne Tannenbaum, Kerzen verboten, auch Blumen nicht erlaubt. Und vor allem: nur künstliche Ernährung!

Das hieß: keine Plätzchen, keinen Stollen, keinen Wein oder Sekt, keinen Gänsebraten, auch nicht die noch aus der schlesischen Kindheit am Heiligen Abend vertraute polnische Soße.

Seit die vierzehn Tage im künstlichen Koma hinter ihr lagen, fiel ihr Blick immerhin auf einen handgeschnittenen Engel gegenüber ihrem Bett an der Wand. Die Krankenhausseelsorgerin hatte ihn ihr gebracht. Der Engel war wichtig. Er öffnete ihr Krankenabteil, gab ihm Weite, auch Hoffnung. Zwei Tage vor dem Fest gab es dann eine Überraschung: Die Ärzte konnten auf die künstliche Beatmung verzichten. Sie gaben ihr die Sprache zurück. Herrlich: Nach vier Wochen konnten wir wieder miteinander plaudern! Zunächst nur über alles, was während der vierzehn Tage, die sie im Koma lag, in Familie, Freundschaft und Welt passiert war. Aber wir sprachen auch über die schlimmen Angstträume, von denen sie im Koma heimgesucht wurde.

Dann aber planten wir unseren Heiligen Abend. Der Heiligabendgottesdienst im Andachtsraum des Klinikums kam nicht in Frage: Dafür war sie zu krank. Aber einen fahrbaren Fernseher gab es auf der Station, den wir für die Zeit des Heiligabendgottesdienstes leihen konnten.

Mein Besuch am Heiligen Abend begann mit einer Enttäuschung. Die blühende Amaryllis, von einer guten Freundin mir mitgegeben, wurde beim Betreten der Station von der Schwester abgelehnt: «Das gibt Ärger mit dem Oberarzt.» Damit hatte ich schon gerechnet. Und darum hielt mein weihnachtlicher Korb noch Besseres verborgen: Am Tag zuvor blühten in unserem Garten die ersten Christrosen, die Lieblingsblumen meiner Frau. Eine kleine Vase für die zwei Blüten hatte ich eingepackt.

Und es gab auch ein Versteck: im offenen Zwischenfach ihres Nachttisches. Da konnte sie die beiden kleinen Blüten sehen und sich daran freuen. Das war ein echter weihnachtlicher Coup für uns beide.

Kurz vor siebzehn Uhr kam die Schwester mit dem Fernsehgerät. Wir erlebten den stillsten Heiligabendgottesdienst unseres Lebens. Aber das Kind in seiner Armut war uns sehr nah, und die Botschaft von der Liebe unseres Gottes in ihm fand den Weg zu unseren Herzen. Danach gab es viele Erinnerungen an die Heiligabendgottesdienste mit den Krippenspielen in unserer Gemeinde.

Als Letztes holte ich die Weihnachtspost hervor. Viele liebe Briefe waren gekommen. Kein Wunder! Schließlich hatte ich auf die Frage der Freundinnen und Freunde, womit sie Kathrin eine Freude machen könnten, immer wieder geantwortet: «Schreibt ihr einen Brief!» Wir schafften es an diesem Abend nicht, die ganze Post zu lesen. Aber ein Brief löste besondere Freude bei ihr aus, der eine Tafel aus echtem Bienenwachs enthielt. Hatte die Freundin gewusst, dass bei uns Heiligabend immer echte Bienenwachskerzen brannten? Wie dem auch sei: Der Duft des Bienenwachses brachte einen Hauch unseres vertrauten Weihnachten zu Hause in ihr Krankenzimmer. Für den Rest des Abends und in den Tagen danach war sie nun weihnachtlich beschäftigt: das Bienenwachs zu kneten und es immer wieder zu beschnuppern und darin etwas von der Liebe zu spüren, die uns am Weihnachtsfest verbindet.

Nicht traurig, sondern dankbar für diesen letzten gemeinsamen Heiligabend fuhr ich später nach Hause.

Weißt du noch?

Heiderose Reichelt

«Ich habe für uns Quarkstollen mitgebracht, Lina. Mit Rosinen. Den essen wir doch beide so gern.»

Er stellt den kleinen Klapphocker, den er mitgebracht hat, auf die Erde und legt eine Serviette darauf. Auf zwei Teller verteilt er die Kuchenstücke, öffnet die Thermosflasche und gießt Kaffee in zwei Porzellanbecher.

«Früher hast du den Stollen immer selbst gebacken, nach einem alten sächsischen Rezept, das noch von deiner Großmutter stammte.» Er seufzt.

«Nein, nein, sag jetzt nichts. Leider kann ich nicht backen. Habe es nie gemacht. Ich habe ihn gekauft. Bei unserem alten Bäcker an der Ecke. Du weißt schon.»

Er nimmt ein Streichholz und zündet die vier roten Kerzen an, die er ausgepackt hat. Für jeden Adventssonntag eine. Dann stellt er sie auf die Tannenzweige.

«Ja, Lina. Nun ist Weihnachten. Besser gesagt, Heiliger Abend. Wir haben doch immer zusammen gefeiert. Seit mehr als fünfzig Jahren. Und für dich sind Tannengrün, weil es so schön duftet, und Kerzen wegen der Wärme und wegen des behaglichen Lichts besonders wichtig. Viel wichtiger als Geschenke. Ich habe manchmal darüber gelästert, weil du gar nicht genug Lichter anzünden konntest.»

Er trinkt einen Schluck Kaffee: «So, Lina. Jetzt sollten wir in aller Ruhe den Quarkstollen essen.»

Er holt aus seiner Hosentasche eine Mundharmonika.

«Du weißt doch, wir haben am Weihnachtsabend immer Hausmusik gemacht. Du hast Klavier gespielt, ich ein bisschen Geige. Und gesungen haben wir auch, wir zwei beide. Nicht besonders schön, aber sehr feierlich.»

Er reibt seine kalten Hände. «Die Geige konnte ich bei dem Frost nicht mitbringen, das hole ich nach, wenn du im März Geburtstag hast.»

Er spielt auf der Mundharmonika. «Für dich, Lina, das Weihnachtslied, das du am meisten magst.»

«Süßer die Glocken nie klingen als zu der Weihnachtszeit», tönt es in der dunklen Stille. Leise, eindringlich, zärtlich. Und danach noch «Stille Nacht».

Er faltet die Hände und betet ein Vaterunser, isst dann von dem Kuchen.

«Lina, schmeckt es dir? Und freust du dich über unseren gemeinsamen Weihnachtsabend? Habe ich es so gemacht, wie du es dir gewünscht hast?»

Er verharrt noch eine Weile ganz still. Regungslos. Dann packt er bis auf die brennenden Kerzen alle mitgebrachten Sachen wieder in den Rucksack. Klappt den Hocker zusammen. «Lina, ich komme ja wieder. Morgen zum Frühstück bin ich da. Warte auf mich, ich bringe alles mit. Ja, auch die Kerzen. Weiße Kerzen. Natürlich. Und viele.»

Er streicht über den kalten Granitstein.

«Gute Nacht, Lina, schlafe schön. Und sei nicht traurig. Ich verlasse dich ja nicht. Ich gehe jetzt nur nach Hause. In ein paar Stunden bin ich wieder bei dir. Mit heißem Tee und Brötchen. Und stell dir vor, ich bringe noch ein Glas Holundergelee mit. Das hast du vor mehr als einem Jahr gemacht. Weißt du noch, wo wir die Beeren gepflückt haben? Und irgendwann, vielleicht schon bald, so Gott will, bleibe ich bei dir – für immer.»

Es gibt kein schöneres Geschenk

Susanne Nöding

Auf einem der Regale des größten Spielwarenladens der Stadt war plötzlich ein leises Schluchzen vernehmbar. Gerade hatte jemand den Schließgang gemacht und zuletzt den Laden verlassen und von außen abgeschlossen. Die Plüschtiere und Puppen waren jetzt unter sich.

«Was hast du?», fragte ein Plüschhund den Teddybären, von dem die Schluchzer kamen. Theodor – das war der Name des Bären – blickte auf und sagte: «Ach, ich hatte mir da einen kleinen Jungen ausgesucht, zu dem ich nach Hause wollte. Und nun ist er fort.»

Ihr müsst nämlich wissen, liebe Leute, dass in den meisten Fällen sich die Plüschtiere ihren Besitzer aussuchen und nicht umgekehrt. Es geschieht oft ganz unbemerkt. Ein Teddybär oder ein Plüschhase zwinkert einem Kind zu, und schon weiß das Kind, dass es ihn zum Freund haben möchte. Es ist nur ein Augenblick. Die Eltern merken meist nicht, wie es geschieht. Manchmal merkt es nicht einmal das Kind. Es weiß einfach, dass es das Plüschtier haben möchte, auch wenn es nicht genau weiß, warum. Meistens funktioniert die Sache. Leider hatte aber der Plüschbär namens Theodor heute Pech gehabt.

«Der Junge hat mich an sich gedrückt und mir seinen Namen verraten», sagte er, «und er hat seiner Mutter gesagt, dass er mich haben will. Aber dann hat er die dumme Eisenbahn entdeckt. Und als seine Mutter die für ihn gekauft hat, hat sie ihm gesagt, dass er nicht zwei Sachen haben kann. Da hat er mich noch einmal traurig angesehen und ist mit seiner Eisenbahn in der Tüte und seiner Mutter an der Hand hinausgegangen.»

Da rollte dem Bären eine dicke Träne über sein behaartes Bärengesicht.

«Aber, aber», tröstete ihn die alte schöne Puppe mit dem Porzellankopf, die schon seit vielen Jahren als Dekorationsstück auf dem Regal gegenüber ganz oben saß, «wer wird denn so voreilig Tränen vergießen? Es ist schließlich bald Weihnachten. Und vielleicht kommt die Mutter des Jungen noch einmal vorbei und kauft dich heimlich, weil sie ihr Kind überraschen will.»

«Meinst du wirklich?», fragte der Teddy und wischte sich die Tränen ab.

Nun wartete er jeden Tag, ob er die Mutter des kleinen Jungen in den Laden kommen sehen würde. Nachdem sieben Tage vergangen waren, fragte er die Porzellanpuppe: «Glaubst du wirklich, dass sie noch kommen wird?»

Als er das fragte, gab der Plüschhund ein leises Jaulen von sich. Und der Löwe und der Eisbär sahen so melancholisch aus. Die Puppe blinzelte mit ihren Schlafaugen und sagte dann leise: «Weißt du, Theodor, leider ist heute der letzte Tag vor dem Weihnachtsfest, an dem das Geschäft geöffnet ist. Heute ist Heiligabend. Und deshalb fürchte ich, dass ich mich geirrt habe.»

«Was?», fragte Theodor aufgeregt. «Heißt das, die Sache mit dem heimlichen Weihnachtsgeschenk hat sich erledigt?»

«Ich fürchte ja», sagte die Puppe und schaute verlegen nach unten.

«Nein», sagte Theodor, «das darf nicht sein! Ich habe ihn mir ausgesucht. Ich will zu ihm! Wenn ich nicht zu ihm gebracht werde, dann gehe ich eben selber hin.»

«In einer Stunde wird der Laden geschlossen», sagte die Puppe.

«Dann habe ich ja noch Zeit», sagte Theodor.

«Aber du wirst doch nicht weglaufen und in der Gegend herumirren wollen?»

«Ich werde ihn finden. Ich kenne seinen Namen.»

In dem Spielzeugladen war am heutigen Weihnachtstag ein solcher Trubel, dass kein Mensch bemerkte, worüber sich Theodor und die anderen laut unterhielten.

«Ich werde dir etwas Geld mit auf den Weg geben», sagte das Sparschwein, das ‹Für gute Zwecke› auf der Verkaufstheke stand.

«Mach doch keine Dummheiten, Theodor. Heute ist Weihnachten», sagte die Puppe ehrfürchtig.

«Und wenn schon», sprach Theodor, «ich habe keine Angst davor. Was ist eigentlich Weihnachten? Was muss man da machen?»

«So genau weiß ich das auch nicht», sagte die Puppe. «Aber immerhin habe ich seit vielen Jahren mitbekommen, wenn die Menschen, die hier als Kunden zur Weihnachtszeit kamen, sich darüber unterhalten haben. Und soweit ich es verstanden habe, muss man Weihnachten möglichst elegant gekleidet sein, und man muss lächeln. Und man muss ein Geschenk haben für den, zu dem man geht.»

Theodor murmelte die Worte vor sich hin, als wollte er sie auswendig lernen: «Elegant sein, lächeln und ein Geschenk für den, zu dem man geht.»

Zehn Minuten später befand sich Theodor außerhalb des Spielwarenladens mitten im Weihnachtstrubel der Stadt, deren Geschäfte noch ungefähr eine Stunde geöffnet hatten. Wie er es gemeistert hatte, unbemerkt aus dem Spielzeugladen zu entwischen, darf ich euch nicht verraten. Für besondere Fälle dieser Art haben Teddybären da ihre speziellen Tricks, die natürlich streng geheim sind, wie mir einmal einer von ihnen anvertraut hat. Theodor wunderte sich sehr über die große Anzahl von Menschen, die ständig aus Geschäften herauskamen oder in einige hineingingen. Als er gerade mit seinem Blick einen Mann verfolgte, betrat dieser einen Laden mit einem Schild im Schaufenster, auf dem geschrieben stand: BÄRENSTARKE MODE.

«Ach ja, richtig», dachte Theodor, «ich muss mich ja elegant bekleiden. Das wird wohl der richtige Bekleidungsladen für mich sein.»

Denn Theodor, so müsst ihr wissen, war nur mit einem dunkelgrünen Wollpullover ausgestattet worden. Das war unter Teddybären zurzeit eine weitverbreitete Mode. Aber Theodor fand diesen Trend eher albern. Denn ohne Hosen fühlte er sich nicht wirklich elegant. Und außerdem fror es ihn bei dieser Kälte an den Beinen. Also marschierte er schnurstracks in den Laden und fragte den erstbesten Verkäufer nach einer «bärenstarken» Hose.

«In Ihrer Größe werden wir in der Herrenabteilung kaum etwas auf Lager haben», sagte der Verkäufer und kratzte sich nachdenklich am Kopf. «Vielleicht versuchen Sie es einmal im ersten Stock. Wenn Sie gestatten, bringe ich Sie hinauf.»

Mit einem ebenso sanften wie sicheren Griff hob er Theodor hoch, setzte ihn auf seinen linken Arm und ging mit ihm die Treppe hinauf. Im oberen Stockwerk setzte er ihn auf einem Wühltisch mit bunt durcheinandergewühlten Kleidungsstücken ab und sagte: «Hier werden Sie etwas Passendes finden. Wenn Sie so weit sind, rufen Sie einfach. Dann bringe ich Sie zur Kasse.»

Theodor bedankte sich und begann zu wühlen. Allerdings war er hierbei nicht allein. Um den Tisch herum standen viele Leute, junge und ältere Frauen, die selbst eifrig wühlten. Eine von ihnen bemerkte zuerst gar nicht, dass Theodor nicht eines von den Kleidungsstücken war. Sie zog ihn am Bein herauf, begutachtete ihn kritisch und ließ ihn einfach wieder in die Kleider fallen, um hastig weiterzuwühlen. Die Frauen suchten alle so hastig nach irgendetwas, dass manchmal zwei von ihnen gleichzeitig an einem Pullover zogen, so lange, bis eine von ihnen losließ.

«So benimmt man sich doch nicht», dachte Theodor bei sich und schüttelte den Kopf. Aber er lächelte dabei, weil man das zu Weihnachten ja soll.

Was die Kleidungsstücke betraf, so fand Theodor einige davon recht eigenartig. Die meisten Hosen waren ganze Anzüge, woran die Socken gleich mit angenäht waren. Und die Farben beschränkten sich beinahe ausschließlich auf Rosa und Hellblau. Das passte nicht zu seinem dunkelgrünen Pullover. Noch einmal griff er ganz tief nach unten zwischen die Sachen und zog eine rote wollene Hose hervor. Die gefiel ihm. Er probierte sie an, und sie passte ihm gut. Nur die Hosenbeine waren etwas zu lang. Da aber diese Hose keine angenähten Socken hatte, konnte er sie einfach umkrempeln.

Nachdem er an der Kasse bezahlt hatte, fragte er den Verkäufer: «Können Sie mir vielleicht sagen, wo man ein Geschenk für einen kleinen Jungen kaufen kann?»

Denn er brauchte ja noch ein Geschenk für den, zu dem

er gehen wollte. «Im Spielzeugladen natürlich», antwortete der Verkäufer.

Theodor überlegte kurz und sagte dann: «Nein, in diesem Falle geht das nicht. In dem Spielzeugladen möchte ich mich heute nicht mehr sehen lassen. Fragen Sie lieber nicht weiter nach. Ich habe gute Gründe dafür. Ich brauche also etwas anderes als Geschenk. Was würden Sie sich denn wünschen, wenn Sie noch ein kleiner Junge wären?»

«Außer Spielsachen würde ich mir noch Süßigkeiten wünschen», sagte der Verkäufer. «Ich kann Ihnen ein sehr gutes Süßwarengeschäft empfehlen. Dort gibt es die schönsten Figuren aus Schokolade, alles, womit Kinder sonst spielen: kleine Häuser, Autos, Eisenbahnen, kleine Puppen und Teddybären oder Pferdchen, alles aus feinster Schokolade. Kleine Jungen mögen so etwas sehr gerne. Die Läden haben noch eine halbe Stunde geöffnet. Wenn Sie sich beeilen, bekommen Sie noch den Bus. Er fährt auf der anderen Straßenseite ab und hält direkt vor dem Süßwarenladen.»

«Danke für den Tipp», sagte Theodor. «Können Sie mir auch sagen, wo der kleine Robin wohnt?»

Der Verkäufer wurde wieder nachdenklich. «Robin, Robin, Robin …», murmelte er vor sich hin und schüttelte schließlich verneinend den Kopf. «Ich kenne keinen Robin.» Theodor bedankte sich nochmals und flitzte in seiner neuen Hose aus dem Laden. Er schaute nach links, nach rechts und nochmal nach links. Und als wirklich kein Auto kam, rannte er, so schnell ein Teddy nur rennen kann, über die Straße und zur Bushaltestelle. Gerade hielt der Bus dort an, und Theodor kletterte geschickt über die hohen Stufen hinein.

An der Haltestelle vor dem Süßwarenladen wollte Theodor aussteigen. Aber sobald die Tür aufging, strömten die Menschen einfach herein, ohne zuerst zu schauen, ob jemand herauswollte. Wäre Theodor nicht so klein und wendig gewesen, sodass er einfach unter ihren Beinen durchhuschen konnte, hätten sie ihn beinahe umgerannt.

«Das ist ja unerhört», brummelte er vor sich hin und lächelte daraufhin gleich wieder, weil ihm einfiel, dass man das ja zu Weihnachten muss. Das fiel ihm gerade rechtzeitig ein, bevor er beinahe grimmig geschaut hätte. Und dabei fiel ihm auf, dass er gar nicht das Gefühl hatte, dass die Menschen alle lächelten.

Im Laden standen viele Menschen vor der Theke in zwei langen Schlangen. Manche, die an der Reihe waren, ließen sich Pralinen oder Trüffeln in Tüten füllen. Die meisten aber wollten von den schönen Schokoladenfiguren kaufen, die der Verkäufer beschrieben hatte. Theodor musste lange warten. Immer wenn er glaubte, dass er an der Reihe war, sagte jemand zu ihm: «Ich glaube, ich war vor Ihnen», und drängelte sich vor. «Das ist ja eigentlich eine Frechheit», dachte Theodor. Aber er lächelte diese Leute trotzdem an, weil man das ja zu Weihnachten tun soll. Und als sie das sahen, wurden manche von ihnen rot, weil sie sich plötzlich genierten, dass sie sich vor einen Teddybären vorgedrängelt hatten, der so nett lächelte. Schließlich kam Theodor als Letzter an die Reihe.

«Ich hätte gerne eine von diesen Schokoladenfiguren», sagte er.

«Oh», sagte die Frau hinter der Theke, «es tut mir leid, aber die sind jetzt alle ausverkauft. Kommen Sie im nächsten Jahr wieder. Da werden wir noch viel schönere haben.»

Da war Theodor nun etwas enttäuscht, weil er nicht

wusste, was er jetzt seinem kleinen Jungen schenken sollte. Aber trotzdem lächelte er die Verkäuferin an und fragte sie: «Wissen Sie, wo Robin wohnt?»

Sie dachte einen Moment lang nach und sagte dann: «Leider kann ich mich nicht erinnern, jemanden zu kennen, der Robin heißt.»

Da sagte Theodor freundlich: «Auf Wiedersehen!», und verließ das Geschäft.

Da stand er nun draußen vor dem Laden und hatte kein Geschenk für den kleinen Jungen, zu dem er gehen wollte. Und er wusste auch nicht, wo er wohnte. Dabei hatte er es sich so einfach vorgestellt, ihn zu finden. Als er sich umschaute und sich fragte, in welche Richtung er jetzt gehen sollte, da sah er an der Ecke des Hauses, vor dem er sich befand, jemanden stehen, den er wirklich sehr elegant fand. Dieser Mensch trug ein langes weißes Gewand mit goldglitzernden Borten an den Ärmeln. Und er hatte wunderschönes lockiges Haar. Er stand da an der Ecke des Hauses und lächelte Theodor so warmherzig und freundlich an, dass es den Teddybären auf einmal gar keine Mühe mehr kostete, selber zu lächeln. Theodor ging kurz entschlossen auf die schöne Gestalt zu und fragte sie: «Entschuldigen Sie, wissen Sie vielleicht, wo der kleine Junge namens Robin wohnt?»

«Natürlich weiß ich das», bekam Theodor zur Antwort. «Es ist gar nicht weit von hier, nur drei Häuser weiter, im Haus Nr. 21.»

«Oh, da bin ich aber froh», sagte Theodor, «dass ich endlich jemanden gefunden habe, der hier Bescheid weiß! Dann können Sie mir vielleicht auch sagen, wo ich jetzt noch ein Geschenk für Robin herbekommen soll?»

«Nimm dieses Band», sagte das freundliche Wesen, während es Theodor ein goldenes Band überreichte. «Binde es dir um, und binde es über deinem Herzen zusammen!»

«Wozu soll das gut sein?», fragte Theodor erstaunt.

«Du selbst wirst ein Geschenk für den Jungen sein. Man kann niemandem ein schöneres Weihnachtsgeschenk machen, als ihm die Liebe des eigenen Herzens zu schenken.»

«Sie meinen also», fragte Theodor noch einmal nach, «er wird sich einfach darüber freuen, dass ich zu ihm komme?»

Und als dieser außerordentlich elegante schöne Mensch daraufhin lächelnd nickte, wurde es Theodor ganz warm ums Herz. Er band sich über dem Herzen eine schöne goldene Schleife, bedankte sich für die Auskunft und hopste fröhlich drei Häuser weiter.

Als er dort klingelte, indem er einen gewaltigen Hopser nach oben machte, öffnete sich sogleich die Tür, und der kleine Robin stand vor ihm. Freudestrahlend nahm er Theodor in die Arme und drückte ihn ganz fest an sich.

«Du bist ja doch noch gekommen», sagte er. «Das habe ich mir so sehr gewünscht!» Und plötzlich hatte Theodor das Gefühl, dass er wusste, was Weihnachten ist.

Robin und seine Familie feierten bis spät in die Nacht hinein. Und Theodor durfte mitfeiern. Robin schenkte ihm sogar einen kleinen Teddybären aus Schokolade, den dieser von seiner Tante zusammen mit einer Schokoladeneisenbahn (aus dem Laden drei Häuser weiter) mitgebracht bekommen hatte. Nach dem Essen sagte Robin für seine Familie ein schönes altes Gedicht auf. Es begann mit den Worten «Denkt euch – ich habe das Christkind gesehen …»

Und als Theodor das hörte, ging ihm ein Licht auf.

Frieden auf Erden
Eine fast wahre Weihnachtsgeschichte

Christa von Kietzell-Scheunemann

Heiligabend kurz vor fünfzehn Uhr, kurz vor Beginn des Familien-Weihnachtsgottesdienstes.

Im Altarraum der Kirche schmücken Hunderte Kerzen zwei riesengroße Tannenbäume. Sterne und Kerzenlicht von den Emporen und in den Fenstern geben der Kirche einen warmen Glanz.

Seit einer Stunde schon strömen die Besucher in festlicher Erregung herein, rücken bereitwillig enger zusammen in den Bänken. Heute ist jeder freundlich gestimmt.

Die Kleinsten rutschen zappelig vom Schoß der Mutter zum Knie des Großvaters. Kids suchen mit gereckten Hälsen nach ihren gleichaltrigen Freunden. Jungen Eltern kann man die Erwartung und den Stolz geradezu vom Gesicht ablesen, denn gleich wird das Krippenspiel beginnen, und ihr Kind ist dabei!

Nun mischt sich in das letzte Glockenläuten das Brausen der Orgel: «Tochter Zion, freue dich …» Die Gemeinde singt im Stehen, nicht nur die Alten sind von der Stimmung ergriffen.

Gerade hat sich jeder wieder auf seinem Sitzplatz zurechtgerückt, da heben schon die Väter ihre Jüngsten auf die Schultern, denn durch den Mittelgang zieht – an einem langen Holzstab getragen – der große goldene Stern ein. Heute weist er nicht den Heiligen Drei Königen den Weg nach Bethlehem, sondern Maria den Weg in den Altarraum.

Das ist der Moment, auf den die Kinder gewartet haben:

Maria reitet auf einem echten Esel, einem Esel aus dem kleinen Zirkus «Philippo».

Da gibt es kein Halten mehr!

Aus den Bänken schlüpfen die jubelnden Kinder, und bald geleitet nicht nur Joseph seine Maria und der alte Philippo seinen angeleinten Esel, sondern eine dicht gedrängte Kinderschar zieht mit nach Bethlehem. Sie alle wollen den Esel streicheln, sein graues, zottiges Fell berühren, spüren, ob der Esel wirklich lebendig ist.

Die Regie hatte mit dieser Begeisterung gerechnet. Sie hatte das Völkchen als vom Himmel schwebende Engel und vom Felde kommende Hirten vorgesehen. Ja, zu einem großen Schauspiel gehören auch viele Statisten!

Nur die Mütter schauen ängstlich auf die schwarzen Lackschühchen und blanken Kinderstiefel, denn Marias Esel ließ als seinen Festbeitrag einige deftige Placken hinter sich auf den Kirchenteppich fallen.

Die quirlige Prozession erreicht die Altarstufen.

Noch während Maria von ihrem Esel steigt, entdeckt die vierjährige Pastorentochter – ein wenig voreiliger als die anderen Kinder – in der Krippe vor dem hölzernen Stall zu Bethlehem ihre Puppe.

Das ist zu viel für das Puppenmutterherz: Ihr Kind liegt dort, wie es im Lukasevangelium geschrieben steht, nur in Windeln gewickelt und auf hartem Stroh.

Mutter Laura stürzt laut weinend zur Krippe.

Aber da fühlt sich Joseph verantwortlich für sein Jesuskind und verteidigt es handgreiflich in seinem «Raum in der Herberge».

Hirten und Engel stehen ein wenig betreten im Kreis herum. Der Tumult lockt auch die drei goldgekrönten Könige hinter der Kulisse hervor, denen von Natur aus das Raufen mehr liegt als das würdevolle Schreiten.

Zum Glück fällt dem großen Verkündigungsengel Timo rechtzeitig sein Stichwort ein. Er ruft es mit heller Knabenstimme: «Ehre sei Gott in der Höhe und Frieden auf Erden und den Menschen ein Wohlgefallen. Denn euch ist heute der Heiland geboren.»

«Na gut», schluchzt Laura mit einem letzten kleinen Seufzer, und Joseph nimmt seine Laterne wieder auf und beschützt jetzt Maria, was eigentlich seine Aufgabe ist.

Aus der ersten Reihe der Gottesdienstbesucher kommt eines Großvaters deutliche Bemerkung: «Na bitte! Es geht doch!»

Die Weihnachtshistorie kann ihren Lauf nehmen!

Weihnachten, das Fest der Liebe

Dieter Androsky

«Ach, Mutti, ich hätte so gern eine elektrische Eisenbahn.»

«Komm, Herzchen, du weißt, wir haben dafür kein Geld», bat Ralfs Mutter ihren achtjährigen Sohn um Verständnis.

«Vielleicht nur einen Waggon und einige Schienen, damit ich den im Kreis umherschieben kann.»

«Und ich wünsche mir zu Weihnachten eine kleine Puppe», klinkte sich seine gleichaltrige Schwester ein.

«Und einen Zwerghamster», ergänzte Ralf seinen Wunschzettel.

Verena fühlte sich elend. Jedes Jahr zur Weihnachtszeit das gleiche Dilemma. Entweder sie brachte einen anständigen Putenbraten auf den Tisch oder erfüllte ihren Kindern einen kleinen Wunsch, beides ging beim besten Willen nicht. Natürlich litt sie darunter, wenn ihre Sprösslinge am Heiligabend neidvoll auf die Geschenke der Nachbarkinder schielten und einfach nicht begreifen konnten, warum ausgerechnet sie benachteiligt wurden. Schon bei dem Gedanken an die bevorstehenden Feiertage liefen Verena unwillkürlich die Tränen über die Wange. Doch wen kümmerte das schon!

Herr Husemann, der über den Meiferts wohnte und von dem die Mietergemeinschaft hinter vorgehaltener Hand tuschelte, er sei kinderfeindlich und hartherzig, presste sein Ohr dicht an die Wohnungstür der Meiferts, um bloß nichts zu verpassen. Für heute hatte er allerdings wieder einmal genug gehört, und so schlich er sich zurück in seine eigenen vier Wände.

Am Heiligabend kurz vor sechs Uhr klingelte es an der Wohnungstür der Meiferts. «Wer kann denn das sein?», wunderte sich Verena, während Ralf und seine Schwester sich vorsorglich unter der glitzernden Lamettapracht der nadelnden Fichte verkrümelten, wo ein blecherner Eisenbahnwaggon und eine handgroße Puppe den allzu bescheidenen Gabentisch zierten.

Während im Radio die feierlichen Klänge der Posaunen auf den Heiligen Abend einstimmten, öffnete Verena neugierig die Tür.

Da stand er nun, in seinem viel zu weiten grellroten Mantel, die gleichfarbige Kapuze tief in die Stirn gezogen, während sein schlohweißer Rauschebart das halbe Gesicht verdeckte. Mit der linken Hand jonglierte er ein fest verschnürtes Paket, welches, mit zwei goldenen Glöckchen dekoriert, von bunten Bändern zusammengehalten wurde. Vornübergebeugt, den groben Leinensack geschultert, polterte Knecht Ruprecht, ohne um Einlass zu begehren, ins Wohnzimmer. Als die Kinder den Weihnachtsmann erblickten, krochen sie behände unter dem Tannenbaum hervor und setzten umgehend eine ehrfürchtige Miene auf.

«Guten Abend, Kinder! Wisst ihr, wer ich bin?»

«Ja, der Weihnachtsmann», klang es aus beiden Mündern gleichzeitig, wobei die Kinder erwartungsvoll auf das Paket und den Leinensack schielten.

«So, so, dann bist du also die Lisa.»

Unwillkürlich rückte die Angesprochene einen Schritt vor, worauf ihr der Weihnachtsmann das Paket in beide Arme drückte. Ohne Umschweife entblätterte Lisa das Geschenk und starrte fassungslos auf ihre Mutter, die sich mucksmäuschenstill in die Sitzecke verzogen hatte.

«Eine Puppenstube!» Lisa geriet völlig aus dem Häuschen.

Währenddessen beobachtete Ralf gespannt, wie zwei behandschuhte Hände einen riesigen Karton aus dem Sack zauberten.

«So, Ralf, der ist ja dann wohl für dich!»

«Au backe …!» Ralf stieß vor Aufregung und überschäumender Freude gleichermaßen einen spitzen Schrei aus. «Eine elektrische Eisenbahn!»

Gleich darauf eilte der Weihnachtsmann hinaus auf den Flur und kam mit einem bewohnten Hamsterkäfig zurück.

«Den hätte ich beinahe vergessen!»

Sodann wandte er sich an Verena. «Und Sie, liebe Frau Meifert, soll ich vom Christkind grüßen. Es freut sich ungemein, wie liebevoll und tatkräftig Sie Ihre Kinder allein durchs Leben begleiten.»

Umständlich fingerte er eine längliche Schatulle aus seiner Manteltasche und legte sie vor Verena auf den Tisch. Ungläubig entnahm sie ihr eine goldene Damenarmbanduhr. Nach sekundenlangem Schweigen fiel sie dem abendlichen Besucher um den Hals, worauf dieser sich sichtlich gerührt kurzerhand verabschiedete.

Schon am nächsten Morgen hatte es sich im Mietshaus herumgesprochen, dass ein anonymer Weihnachtsmann die Familie Meifert großzügig beschert hatte. Gerade als einige Mitbewohner ausgiebig über dieses Ereignis tratschten, trat deren Nachbar auf den Flur und wünschte allen ein frohes Weihnachtsfest.

«Na, der war es bestimmt nicht!», entschieden die Damen.

Herr Husemann hielt kurz inne, schmunzelte und setzte dann seinen Weg fort.

Der Schlüssel

Andrea Tillmanns

Weihnachten – das war schon immer eine ganz besondere Zeit für Opa gewesen. Seitdem Oma vor vielen Jahren gestorben war, wohnte er in der kleinen Einliegerwohnung im ersten Stock, doch in den Wochen und Tagen vor Weihnachten war er immer häufiger in unserer Wohnung zu sehen. Während er sich sonst meist mit seinen Streichhölzern beschäftigte, aus denen er die verrücktesten Figuren baute, sah er sich nun nachdenklich in unserem Wohnzimmer um und besprach ab und an flüsternd etwas mit unseren Eltern. Markus und ich waren mit zwölf und fünfzehn Jahren eigentlich längst aus dem Alter raus, wo Weihnachten noch etwas Besonderes war. Es gab Geschenke und Kartoffelsalat mit Würstchen, und mit etwas Glück war ein Geschenk dabei, mit dem man den Rest des Abends spielen konnte, während die ganze Familie gemeinsam einen alten Weihnachtsfilm sah.

Dennoch gab Opa sich auch dieses Jahr besonders viel Mühe, uns ein schönes Weihnachtsfest zu bereiten. Am Morgen des 24. Dezember schlug er gemeinsam mit Papa den Baum und transportierte ihn nach Hause. Unter Mamas üblichen hektischen Bemerkungen, die Männer sollten auf die teuren Vasen aufpassen, wurde der Baum ins Wohnzimmer gezerrt und dort aufgestellt. Dann wurden wir alle, selbst Papa, aus dem Wohnzimmer verbannt. Solange ich mich erinnern konnte, war das Schmücken des Baumes und des Wohnzimmers immer Opas Aufgabe gewesen. Zwischendurch verschwand Papa ein paarmal kurz aus der Küche, und natürlich wussten wir genau, dass er dann die Geschenke aus dem Elternschlafzimmer ins Wohnzimmer trug. Alles andere aber machte Opa – es war ihm wichtig, und es gab schließlich keinen Grund, daran etwas zu ändern.

Wie immer war er auch in diesem Jahr viel zu früh fertig, und Opa fürchtete wohl, wir Kinder könnten heimlich nach dem gut versteckten Wohnzimmerschlüssel suchen, wenn wir nicht zum üblichen Heiligabend-Spaziergang aufbrachen. So stapften wir eine Weile über die matschigen Wege des benachbarten Wäldchens, bis die Glocke des nahe gelegenen Kirchturms endlich fünfmal schlug und die Erwachsenen überzeugt waren, nun sei das Christkind sicherlich bei uns gewesen und wir könnten endlich zurück ins Warme gehen. Hastig schlüpften wir aus schmutzigen Schuhen und warmen Jacken und warteten in der Küche, bis Opa den Schlüssel geholt hatte. Doch – er kam nicht. Schließlich ging Papa nachsehen, und als auch er nicht wieder auftauchte und stattdessen ein Poltern aus dem Esszimmer zu hören war, sprangen Mama und wir Kinder gleichzeitig auf und eilten in den Nebenraum.

Dort krabbelten Opa und Papa gerade unter den Esstisch. Markus und ich sahen uns verwundert an und zuckten dann mit den Schultern. Wer wusste schon, was die Erwachsenen sich dabei denken mochten?

«Keine Sorge, wir suchen nur den Wohnzimmerschlüssel», keuchte Papa, während er sich zwischen zwei Stühlen hindurchquetschte.

«Ich weiß genau, wo er ist», behauptete Opa steif und fest, «nur eben nicht gerade jetzt.»

Damit mochte er recht haben – Opa erinnerte sich meistens irgendwann an alles, was er vergessen hatte. Die Frage war nur, wie lange es diesmal dauern würde.

Irgendwann krabbelten die beiden Männer wieder unter dem Tisch hervor und sahen sich betreten an. «Aber irgendwo muss er sein», murmelte Opa. «Alles andere habe ich doch schon durchsucht!»

«Vielleicht hast du ihn beim Spaziergang verloren?», schlug Mama vor, während sie besorgt ihren Blick durch das Esszimmer wandern ließ.

«Unmöglich», behauptete Opa, «ich weiß genau, dass ich einen besonders sicheren Platz für den Schlüssel gewählt habe.»

Es half nichts – wir durchsuchten noch einmal gemeinsam das Esszimmer, während Papa vergeblich versuchte, die Tür mit Mamas Haarklammern zu öffnen.

«Vielleicht sollten wir erst mal essen», sagte Mama schließlich resigniert. Während wir gemütlich im Esszimmer saßen und Würstchen und Kartoffelsalat aßen, sah Opa sich noch immer traurig und verständnislos um.

«Mach dir nichts draus, da haben wir in der Schule mal was richtig Witziges zu erzählen», tröstete Markus ihn, und ich fügte hinzu: «Fernsehen ist doch eh langweilig.»

«Aber eure Geschenke –», murmelte Mama betrübt. Damit hatte sie natürlich recht. Andererseits – ob wir die Geschenke jetzt oder ein bisschen später bekamen, war mir eigentlich egal. Ich wusste sowieso schon, was ich bekommen würde.

Nach dem Essen sah Papa sich ratlos um. «Und was machen wir jetzt?», fragte er. Der Fernseher stand ja im Wohnzimmer, und was konnte man sonst schon mit der ganzen Familie gemeinsam tun?

Ich bemerkte den Blick meines Bruders, und als ich begriffen hatte, was er mir sagen wollte, nickte ich ihm zu und lief hoch in unser Zimmer, um das Geschenk für Mama und Papa zu holen.

«Frohe Weihnachten!», wünschten wir unseren Eltern. Es fühlte sich gut an, richtig erwachsen, dass unser Geschenk nun als Erstes ausgepackt wurde. Begeistert betrachteten Mama und Papa das Mensch-ärgere-Dich-nicht-Spiel, das wir aus Fimo und einer bemalten Holzplatte in tagelanger Arbeit gebastelt hatten

«Die roten Autos sind für Papa, die blauen Blumen für Mama», erklärte Markus. «Opa kann sich aussuchen, ob er die gelben Enten oder die grünen Kleeblätter haben will.»

«Ich nehme den Klee», brummte Opa, «vielleicht hilft es ja.»

Markus und ich teilten uns die Entchen. Schon nach kurzer Zeit lagen wir so weit in Führung, dass Markus den Rest der Familie herausfordernd ansah: «Sollen wir um etwas spielen? Der Gewinner bekommt alles. Ich biete …»

Er durchsuchte seine Hosentaschen und förderte einen zerdrückten Kaugummi und eine Murmel zutage, die er auf den Tisch legte

Papa griff in seine Tasche und legte drei verbogene Haarklammern dazu, dann lehnte er sich grinsend zurück, während ich noch einen besonders schönen Stein hinzufügte. Mama seufzte und zuckte mit den Schultern. Ihr Rock hatte natürlich keine Taschen. «Aber wenn ich verliere, bekomme ich eine Revanche», sagte sie schließlich und nahm ihre Kette mit den bunten Perlen ab.

Auch Opa nahm seine Kette ab und legte sie mit Schwung auf den Tisch.

Ungläubig blickten wir uns an.

«Ich sagte doch, ich habe ihn an einem sicheren Ort versteckt», bemerkte Opa schließlich und sah verlegen auf den Tisch, wo der Schlüssel an einem festen Lederband zwischen den anderen Spieleinsätzen lag.

«Jetzt können wir endlich richtig Weihnachten feiern», lachte Mama erleichtert.

«Das tun wir doch schon die ganze Zeit», bemerkte Opa ungewohnt weise.

Dann spielten wir erst mal unser Spiel zu Ende.

Der Habenichts

Volkmar Müller

Glück und Pech folgen bisweilen direkt aufeinander! Das wurde mir so recht bewusst, als ich beschwingt aus der Vorexamensprüfung für Mediziner mit Prädikat «Auszeichnung» in meine Studentenbude zurückkehrte und dort unverhofft den Abschiedsbrief von meiner Freundin Gerda vorfand. Enttäuscht warf sie mir vor, ich hätte mich wochenlang nicht um sie gekümmert. Das zeige, dass für eine endgültige Verbindung die Grundlage fehle.

Ich gebe zu, dass mich die Prüfungsvorbereitungen in den letzten Wochen zeitlich sehr in Anspruch genommen hatten. Aber Gerda wusste doch, wie wichtig – ja notwendig – für mich eine gute Zensur war. Hatte sie vergessen, wie sehr ich sie vor ihrer Prüfung vor einem Vierteljahr verwöhnte? Fast alle zeitraubenden alltäglichen Arbeiten hatte ich ihr abgenommen, sie mit Blümchen und Leckereien überrascht. Dagegen hatte ich während meiner

Vorbereitungen selbst die geringste Aufmerksamkeit vermissen müssen. Ich ließ mich auf mein Bett fallen.

Im Dahindämmern tauchte in meiner Erinnerung unvermutet meine erste Jugendliebe Anne auf. Seit Jahren hatte ich nicht mehr an sie gedacht. Plötzlich fiel mir alles Mögliche wieder ein: Wie ich 1945 als fünfzehnjähriger Flüchtling aus Ostpreußen mit meiner Mutter in ihr Dorf, nahe Rethem/Aller, kam, einquartiert beim Dorfschullehrer Meyer und seiner Frau. Meine Mutter kränkelte nach den Strapazen der Flucht. Deshalb übernahm ich die anstrengenden Haushaltsarbeiten wie das Einkaufen. Einmal geriet ich dabei in eine der peinlichsten Situationen meines Lebens: Für das Eingekaufte reichten zwar die Lebensmittelmarken, jedoch nicht mein Geld; ich musste also ein paar dringend benötigte Lebensmittel wieder zurückgeben. Neben mir stand ein süßes kleines Mädchen. Es hatte meine Schwierigkeiten sicherlich genau beobachtet, ließ sich aber nichts anmerken. Noch heute glaube ich zu spüren, wie mir die Scham die Röte ins Gesicht trieb.

Als wenige Tage danach der durch die Kriegsereignisse unterbrochene Schulbetrieb wieder aufgenommen wurde, stand ich plötzlich auf dem Schulhof wieder neben der kleinen Süßen. Anne. Sie war zwölf Jahre alt. Verlegen vermieden wir es, einander anzusehen. Hatten wir beide Feuer gefangen?

Am Nachmittag rief unsere Vermieterin Frau Meyer mich vom ersten Stock herunter: «Friedrich, Besuch für dich!» Wer konnte das sein? Es war Anne. Errötend sah sie mich an, als sie mir einen vollbepackten Flechtkorb in die Hände drückte. Der Inhalt versteckt unter einem bunten Tuch.

«Das ist für euch. Meine Eltern dürfen das nicht wissen.

Den Korb und das Tuch muss ich wieder mitnehmen.»
Neugierig hob ich das Tuch: ein Kännchen mit Milch, sechs Eier, Brot, ein Stück Butter, ein Stück Speck, eine Mettwurst und am Boden des Korbes mindestens fünf Pfund Kartoffeln. Ungläubig stotterte ich: «Das können wir gar nicht bezahlen.»

«Du Dussel, das ist doch geschenkt!»

In den nächsten Tagen und Wochen entspannte sich unsere finanzielle Situation allmählich: Meine Mutter hatte lange als Schneiderin gearbeitet. Ein gefragter Beruf in diesen Monaten! Aus zerschlissenen, abgelegten Kleidungsstücken, aus Leinenstoffen aus der Aussteuer-Truhe, sogar aus Wolldecken schuf Mutter die tollsten Kreationen. Da sie keine Nähmaschine besaß, arbeitete sie bei den Kunden – zumeist Bauern –, zog von Hof zu Hof. Bezahlt wurde sie vorwiegend mit Naturalien. So waren wir auf Annes heimliche Geschenke nicht mehr angewiesen.

Obwohl Annes Vater ihr den Umgang mit den Flüchtlingen, den Habenichtsen, streng verboten hatte, fanden wir beide doch häufig Gelegenheit für einen kurzen Plausch beim Baden im Hämelsee oder bei unschuldigem Händchenhalten im nahe gelegenen Wäldchen.

Später, zur Kartoffelernte, brauchten die Bauern Hilfskräfte. Ein Tag harter Arbeit wurde mit einem Zentner Kartoffeln vergütet. Ich nahm diese Gelegenheit bei verschiedenen Bauern wahr, so auch einmal bei Annes Vater. Die anstrengende Arbeit wurde kurz mit einer Mittagspause unterbrochen. Wir Helfer hockten am schattigen Waldrand. Plötzlich bemerkte ich Anne hinter einem Busch. Sie winkte mich zu sich. Mit einem spitzbübischen Lächeln reichte sie mir eine Flasche leckeren Himbeersafts. Ehe ich so recht wusste, wie mir geschah, stand – wie aus dem Boden gewachsen – Annes Vater vor uns. Er brüllte: «Ich habe dir den Umgang mit diesem Habenichts verboten! Hast du das vergessen?» Er gab Anne eine Ohrfeige und jagte mich weg, ohne den verdienten Lohn zu zahlen.

Wenige Wochen später zogen wir an die Mosel zu entfernten Verwandten. Ich schrieb Anne einen langen Abschiedsbrief, dem später weitere Briefe folgten. Auf eine Antwort wartete ich jedoch vergeblich. Ich war mir sicher, dass Annes Vater meine Briefe abgefangen und Anne weiterhin entschieden jeglichen Kontakt zu mir untersagt hatte.

Langsam fand ich aus meinen Erinnerungen wieder in die Gegenwart zurück, den Tag meines bestandenen Examens. Ehe ich aufbrach, zur Feier mit meinen Kommilitonen im Ratskeller, fasste ich für den nächsten Tag einen kühnen Entschluss!

Am folgenden Morgen schwang ich mich auf mein Motorrad und war etwa vier Stunden später am Ziel. Nach ein paar Runden durch Annes Dorf, an ihrem Hof vorbei, entschloss ich mich zu einem kurzen Besuch bei dem Ehepaar Meyer. Es begrüßte mich herzlich und lud mich gleich zum Mittagessen ein. In vertrauter Atmosphäre wurde pausenlos erzählt. Meine drängende Frage nach Anne schob ich immer weiter vor mir her.

Wir saßen anschließend beim Kaffee, als plötzlich eine bildhübsche Frau in der Tür stand. «Anne?» – «Friedrich!» Erst zögernd, dann entschlossener traten wir aufeinander zu, fassten uns – wie früher so oft – bei den Händen. Dann löste Anne den Griff, und schon lagen wir einander wortlos in den Armen. Lächelnd verließen Meyers den Raum.

Wie war Annes Leben inzwischen verlaufen? Alle meine Briefe hatte sie tatsächlich nicht erhalten und sich im Laufe der Monate und Jahre damit abgefunden, dass wir keinen Kontakt hatten. Vor wenigen Wochen hatte sie ihr Abitur bestanden, und ich verriet, dass ich am Tag zuvor in Göttingen mein Medizin-Vorexamen mit Auszeichnung gemacht hatte. Bis in den späten Abend saßen wir dicht beisammen, erzählten, schmiedeten – wie selbstverständlich – Pläne für die Zukunft.

Einen der wichtigsten unserer geschmiedeten Pläne konnten wir schnell verwirklichen. Anne studierte – wie ich – in Göttingen Medizin. Wir fanden für sie eine gemütliche Studentenbude in demselben Haus, in dem ich schon seit Jahren wohnte.

Als ich mein Studium mit dem Staatsexamen und der Promotion kurz vor Weihnachten 1956 abgeschlossen hatte, hielten wir den Zeitpunkt für gekommen, Annes Eltern zu gestehen, dass wir heiraten wollten.

In einem Brief kündigte Anne unseren Besuch für den 24. Dezember an: «… Außerdem – das ist die Hauptsache! – habe ich eine große Weihnachtsüberraschung für Euch …»

Ich glaube, auch Annes Herz klopfte heftig, als wir vor der tannengeschmückten Haustür ihres Elternhauses standen. Die Mutter öffnete, stutzte: «Steht die Weihnachtsüberraschung neben dir?» Anne nickte strahlend, umarmte ihre Mutter übermütig und schob sie dann zu mir. Lächelnd begrüßte uns Annes Vater dann an der Wohnzimmertür. Er schien mich nicht zu erkennen. Mir fiel es schwer, sein Lächeln zu erwidern. Ganz sicher hatte er meine Briefe unterschlagen und damit unheilvoll in unser Leben eingegriffen.

Der Tag verging wie im Fluge. Es wunderte mich nicht, dass vor allem Annes Vater mein Lebenslauf interessierte, meine Herkunft, meine Ausbildung, meine Examen, meine weiteren beruflichen Pläne und Möglichkeiten.

Irgendwann, kurz vor der Bescherung, wurde es Zeit, unser Geheimnis zu lüften. Das übernahm Anne: «Du, Papa, da ist noch etwas, was du wissen solltest. Rege dich bitte nicht auf!»

«Was willst du denn noch Wichtiges sagen? Dass dein tüchtiger Friedrich von heute der Habenichts von damals ist? Dem ich noch einen Zentner Kartoffeln schuldig bin?» Etwas verlegen wandte der alte Bauer sich mir zu, legte schwerfällig den rechten Arm auf meine Schulter. «In Zukunft werdet ihr immer so viele Kartoffeln im Keller haben, wie ihr essen könnt. Und das ist nicht das Einzige, was ihr von uns erwarten dürft. Ich denke da an das alte Häuslerhaus hinter der Ligusterhecke im Garten. Wäre es nicht das ideale Wochenendhaus für euch? Ein Weihnachtsgeschenk nach eurem Geschmack?»

Urvertrauen

Gerhard Stechmann

Es war Liebe auf den ersten Blick. Vor Jahren hatten wir uns als Norddeutsche für einen Urlaubsort im Niederbayerischen entschieden. Freundliche Gastgeber in einer einfachen, rustikal ausgestatteten Familienpension sorgten für unser Wohl. Wie das so geht, mit der Zeit werden Landschaft, Tiere, kulturelles Umfeld und vor allem die

Menschen gewissermaßen zu einer lieben zweiten Heimat, die man nicht missen möchte. Und so kam es, dass wir in jedem Jahr einmal in den Süden reisten.

Das Frühjahr, wenn Schlüsselblumen, Schaumkraut und Sumpfdotterblumen die Wiesen in ein prächtiges Blütenmeer verwandeln, der Sommer mit seinen lauen Abenden, der Herbst in seinem Farbenspiel mit leuchtenden Äpfeln in den noch zahlreich vorhandenen Streuobstwiesen und schließlich der Winter ließen sich hier in einer noch weitgehend intakten Natur vortrefflich erleben.

Unser bayerischer Urlaubsort war nicht eben groß. Noch konnte man hier die herkömmlichen Spuren eines Dorfes erkennen. Ein kleiner Marktplatz mit dem obligatorischen Handwerkerbaum als Mittelpunkt, ein Bäcker, ein Metzger und ein altes Gasthaus waren die letzten Zeichen einer sich mehr und mehr verflüchtigenden ländlichen Infrastruktur. Gleichsam als Patriarch und als Herzstück des Ortes präsentierte sich die alte Pfarrkirche, umgeben von einem kleinen Friedhof.

Ein benachbarter Kurort hatte die Konturen des einst so ländlich geprägten Ortes nach und nach verändert. Großzügig konzipierte Hotels und Pensionen gewannen die Oberhand und verdrängten die letzten noch landwirtschaftlich genutzten Anwesen. Eines davon war der Resthof des Bauern Xaver Huber. Hier lebte der alte Landwirt seit Jahrzehnten einträchtig mit seiner Ehefrau Maria. Während unserer Ferien in dem beschaulichen Ort nutzten wir oft die Gelegenheit, uns mit Imkerhonig zu versorgen, der von den Bauersleuten rund um das Jahr angeboten wurde.

Der Zeitgeist einer sich schnell verändernden Welt hatte dem typisch niederbayerischen Hof wenig anhaben können. Im Viereck der Gebäude, bestehend aus Stadel, Remise, Kuhstall und dem großen Wohnhaus, war noch die Zeit wie vor hundert Jahren erkennbar. Die Milchzentrifuge mit angeschlossener Anlage für Käsezubereitung, Sense und Dreschflegel, die Pumpe im Hof und der kleine Hühnergarten – das alles deutete in herkömmlicher Art auf die weitgehend bescheidene Lebensweise seiner Bewohner hin.

Der ganze Stolz des älteren Ehepaares war indes ihr Enkelsohn Loisl, ein aufgeweckter stämmiger Bub von sechs Jahren, den wir bereits während einer unserer ersten Besuche als Kleinkind kennengelernt hatten. Von seinen Eltern war uns nichts bekannt. Auch vermieden wir es, uns danach zu erkundigen. Die kleine beschauliche Welt der Hubers schien dem Jungen auch so genügend Geborgenheit zu geben, wie wir während unserer gelegentlichen Honigeinkäufe feststellten.

Ein besonders herzliches Verhältnis bestand offenbar zwischen Großvater und Enkel. Sie waren im Lauf der Jahre unzertrennliche Freunde geworden. Sei es bei Arbeiten in der Remise, bei der Pflege der Tiere oder während Einbringung der Honigernte, überall sah man den kleinen Loisl an der Seite des Altbauern. In den niedrigen, bescheiden eingerichteten Räumen des Hauses sorgte die umsichtige Bäuerin für ein wohnliches Umfeld. Während eines der letzten Besuche bei den Hubers hatten uns der Großvater an der Zither und Loisl mit der Flöte mit einem schön einstudierten Musikstück erfreut.

Wir entschlossen uns nach gut einem Jahr wieder zu einer Reise in unseren geliebten Urlaubsort. Es war während der Adventszeit. Einer der ersten Besuche galt den Hubers. Diesmal war die Begrüßung jedoch ein wenig verhalten. Die Bäuerin erzählte uns, dass ihr Mann vor einigen Tagen einen Schwächeanfall erlitten habe, der in dem kleinen Krankenhaus der Nachbarstadt als «Schlagerl» diagnostiziert worden sei. Loisl, der mit einer Handarbeit beschäftigt war, blieb auffällig einsilbig und schaute uns mit traurigen Augen an. Er bastelte lustlos an einem Stecken, den er, wie er uns kurz mitteilte, dem Großvater nach der Rückkehr aus dem Krankenhaus als Christgeschenk übergeben wolle. Was blieb uns anderes übrig? Wir, als langjährige Bekannte der Bauersleute, wünschten der kleinen Familie alles erdenklich Gute und versprachen, gelegentlich wieder einmal vorbeizuschauen.

Das Jahr und damit unser Urlaub in Niederbayern neigte sich dem Ende zu. Wie gewohnt, besuchten wir am Vorabend des Christfestes die kleine Pfarrkirche. Auf einigen der Gräber um das Gotteshaus gedachten Angehörige mit Grabkerzen ihrer Verstorbenen. Das alles war überdeckt von leichtem Pulverschnee. Aus der Pfarrkirche klang Musik zu uns herüber. Der Organist probte offenbar für die bevorstehenden Christfestmessen. Beim Betreten der kleinen Kirche empfing uns gedämpftes Licht. Kerzen und ein bunt geschmückter Weihnachtsbaum wiesen uns den Weg zur Krippe. Dort, auf einer der vorderen Bänke, sahen wir zwei Menschen, die dort knieten und sich an den Händen hielten. Wir erkannten den Altbauern Huber und den kleinen Loisl. Ein für uns wahrlich wundersames Wiedersehen. Wir bemühten uns, das innige Glück zwischen Großvater und Enkel nicht zu stören. Unauffällig verließen wir die Kirche und gingen hinein in die malerische Schneelandschaft. Der Organist an dem kleinen Instrument hatte unterdessen zum Schlusslied übergeleitet. «O du fröhliche», das übliche Finale aller Christmetten klang zu uns herüber. Auch wir als Erwachsene verspürten so etwas wie Sehnsucht nach Urvertrauen in unserer veränderten Welt. Loisl hatte es erfahren. Ein Weihnachtswunder war geschehen: Großvater hatte seine Gesundheit wiedererlangt.

Wie wir später erfuhren, war der plötzliche Zusammenbruch des Altbauern, so die abschließende Diagnose der Ärzte, ein starker Ohnmachtsanfall. Loisl und sein Großvater blieben weiterhin unzertrennliche Freunde.

Der Sterntaler

Uwe Bernzen

Natürlich lebte ich als Jugendlicher in den fünfziger Jahren genauso unbeschwert wie die heutige Jugend, und natürlich verbrachte ich die Adventszeiten in meinen jungen Jahren ohne besondere Ausrichtung auf das große Fest, so wie es die meisten jungen Leute heute auch halten. Meiner Mutter missfiel das. Deswegen nahm sie mich eines Tages beiseite und sagte: «Mein Lieber, die Adventszeit dient nicht nur zu deinem Vergnügen. Sie ist vor allem dazu da, dich auf Weihnachten vorzubereiten. Tu also mal ein gutes Werk und besuch unseren Nachbarn, den alten Herrn Huhmann. Seitdem seine Frau im vorigen Jahr gestorben ist, ist er einsam und alleine und braucht dringend jemanden, der sich mal um ihn kümmert.»

Ach, der alte Vater Huhmann, der wohnte zwei Stockwerke über uns, man sah ihn selten und wenn, dann war er eher mürrisch als freundlich und fiel im Übrigen nicht weiter auf. Ich sah nicht so recht ein, warum ich mich gerade um den kümmern sollte, aber andererseits wusste ich auch, dass mit meiner Mutter nicht zu spaßen war, wenn sie einen so großartigen Vorschlag machte. Da war es dringend geboten, diesem Vorschlag auch zu folgen, sonst gab es Ärger.

Also klingelte ich eines Nachmittags, als alle Schularbeiten gemacht waren, bei Herrn Huhmann an der Tür und verkündete dem alten Mann, dass ich ihn einmal besuchen wolle und ob es ihm wohl jetzt recht sei. Der alte Herr war zunächst erstaunt und konnte es gar nicht fassen, dass er Besuch bekommen sollte. Dann aber bat er mich hinein und bot mir einen Platz im Sessel an. Was mich denn zu ihm führe, fragte er. Ich war schon so schlau, dass ich ihm nicht erzählte, meine Mutter habe mich hergezwungen, sondern log ihm vor, dass es mir ein Anliegen sei, in der stillen Adventszeit einmal die älteren Bewohner des Mietshauses zu besuchen. Das fand er erstaunlich, aber auch lobenswert und sagte, er mache uns jetzt erst einmal einen Tee, damit wir uns etwas unterhalten könnten. So saßen wir da, ein paar Kerzen brannten. Er fragte mich, was ich denn so treibe und wie es in der Schule gehe, und dann begann er leise, dann immer deutlicher aus seinem Leben zu erzählen. Ob ich denn wisse, dass er Musiker sei. Ja, antwortete ich. Ich hätte ihn ja schon mehrfach Trompete spielen hören.

«Trompete, ja Trompete. Das ist die große Liebe meines Lebens neben der Liebe zu meiner Frau, und nun ist es meine einzige Liebe. Wissen Sie …», begann er nachdenklich, und ich freute mich darüber, dass er mich siezte, das taten die Lehrer nämlich noch nicht, «wissen Sie, schon in Ihrem Alter begann ich mit dem Trompetenspiel.

Ich habe fleißig gelernt, zu Weihnachten unterm Tannenbaum meinen Eltern etwas vorgespielt. Denen war es aber zu laut, wie Sie sich vorstellen können. Dann, als ich die Schule hinter mir hatte, habe ich Musik studiert. Ich habe natürlich auch Klavierspielen gelernt, aber die Trompete war und blieb meine große Liebe. Meine Eltern waren nicht sehr betucht, und es fiel ihnen schwer, mein Studium zu bezahlen. Stipendien, wie es sie heute gibt, gab es damals ja noch nicht. So musste ich in der Mindestzeit mein Examen machen und konnte mir nicht viele studentische Freiheiten leisten. Als ich dann endlich mit dem Studium fertig war, waren alle Ersparnisse aufgebraucht, und meine Eltern hofften, dass ich sofort eine Anstellung, am besten bei den Berliner Philharmonikern, bekäme, um dann ein reicher Mann zu werden. Auch ich träumte davon, als Solotrompeter durch die Welt zu reisen. Die Wirklichkeit sah aber anders aus. Es gab genug junge Musiker, und man musste schon sehr viel Glück haben, um eine Anstellung zu finden. Zunächst war ich arbeitslos und auch mittellos. Ich hauste in einem kleinen Dachzimmer in einer kleinen Stadt, in der ich danach zu Hause war, und hoffte, dass mein Vermieter mir noch ein paar Monate die Miete stunden würde. Aber alle meine Anstrengungen um eine Anstellung waren vergeblich. Ich war verzweifelt und wusste nicht mehr, was ich tun sollte. Ich saß in meinem Zimmer. Es war Spätherbst und schon recht kalt. Mein Ofen war aus, weil ich kein Heizmaterial hatte, und ich schaute aus dem Fenster. Alle meine hochfliegenden Pläne hatten sich in nichts aufgelöst. Ich hatte wirklich keinen Pfennig mehr auf der Naht. So saß ich da und grübelte und überlegte, ob ich nicht vielleicht als Steineklopfer meinen Lebensunterhalt verdienen sollte. Da hörte ich plötzlich aus dem

Innenhof unseres Wohnblocks Musik. Eine Gruppe von Straßenmusikanten hatte sich dort aufgebaut und spielte die damals bekannten Schlager. ‹Puppchen, du bist mein Augenstern› und so etwa alles, na, das kennen Sie gar nicht mehr, nicht wahr. Ja, und da zündete es bei mir. Ich dachte mir, Straßenmusikant, das ist es! Das kannst du auch. So kommst du über die Runden. Ich schnappte mir meine Trompete, rannte die Treppe hinunter und stellte mich einfach zu den drei Musikern, die unten standen, und spielte mit. ‹Heinzelmännchens Wachparade› spielten wir. Ein paar Leute warfen Geld aus dem Fenster, so war das damals üblich. Ein paar Groschen waren es, nicht mehr. Als wir mit dem Stück fertig waren, sagte einer der Musiker: ‹Mein lieber junger Freund, wie kommst du dazu, dich einfach zu uns zu stellen? Wir sind arbeitslose Musiker und müssen von dem leben, was uns aus den Fenstern der Hinterhöfe zugeworfen wird. Für uns drei reicht es knapp, für dich reicht es nicht. Sieh zu, dass du Land gewinnst, und lass uns in Frieden!› Dann zogen sie weiter, und ich stand da wie ein begossener Pudel und sah ein, dass auch dieser stürmische Anfang eines neuen Berufsweges mir verschlossen war. Traurig ging ich wieder in meine Bude und hatte Tränen vor Wut in den Augen, weil ich mir bei etwas Vernunft hätte denken können, dass es so enden musste. Aber das Leben musste weitergehen. Ich hatte auf einer Parkbank eine Zeitung mit Stellenanzeigen gefunden. Die las ich begierig, weil ich mir dachte, jetzt suchst du dir eine Beschäftigung als Ungelernter. Denn mit der Musik wirst du nichts. Da las ich im Kulturteil der Zeitung, dass das städtische Orchester hier in Lübeck für die Aufführung des Weihnachtsoratoriums von Bach noch ein paar Musiker suchte, die bereit wären, bei einer einzelnen Aufführung mitzuwirken. Das entsprach zwar nicht meinem Wunschtraum von der großen Musikerkarriere, aber endlich mal wieder in einem Orchester Musik zu machen, das wäre was. Weiter stand in dem Artikel, dass man sich bei den städtischen Bühnen schriftlich bewerben möge. Ich setzte mich also schnell hin, schrieb eine Bewerbung und fügte einen Lebenslauf bei. Nun fehlte mir nur noch eine Briefmarke, um diese Bewerbung abzuschicken. Aber selbst für diese Briefmarke fehlte es mir an Geld. Ich war verzweifelt und hielt es nicht mehr länger in meiner Bude aus. Ich warf mir den Mantel über, setzte mir den Hut auf, und da kam die große Überraschung. Ich fand an meinem Hut hinter dem Hutband eingeklemmt fünfzig Pfennige, Reichspfennige, wohlgemerkt, eingepackt in einem Fetzen Zeitungspapier. Ich war sprachlos. Das war der Sterntaler, der vom Himmel gefallen war, um mir den Hinweis zu geben: ‹Dein Schicksal ist bekannt. Du bist nicht allein, und in der Not wird dir geholfen.› Bei einigem Nachdenken kam ich dahinter, dass dieser Sterntaler vermutlich nicht vom Himmel gefallen war, sondern von einem Fenster im Hinterhof und dass er glücklicherweise nicht auf der Erde gelandet war, sondern sich auf meinem Hut versteckt hatte. Aber trotzdem, es war ein Fingerzeig des Himmels, denn nun konnte ich das Porto für meine Bewerbung bezahlen, und Sie können es sicher schon ahnen, meine Bewerbung hatte Erfolg. Ja, der Dirigent des Orchesters bat mich zu sich, ich spielte vor und wurde genommen. Als ich ihm meine Notlage vortrug, bekam ich sogar einen Vorschuss, mit dem ich die ganze Adventszeit überleben konnte. Wir probten in der kalten Kirche, aber das machte mir nichts. Die Musik hatte mich wieder, und ich durfte in einem Orchester mitspielen, in dem ich mich gleich wie zu Hause fühlte. Und dann kam der 25. Dezember, im großen Festgottesdienst – die Kirche war gesteckt voll – führten wir das Weihnachtsoratorium auf. «Jauchzet, frohlocket! Auf, preiset die Tage! Rühmet, was heute der Höchste getan!», so heißt es im Einleitungschor des Oratoriums. Und das gab damals genau meine Stimmung wieder. Ich war dabei und durfte mit meiner geliebten Trompete dieses wunderschöne Oratorium spielen. Der Höhepunkt aber kam, nachdem der Beifall verklungen war. Der Dirigent, Rudolph Schwertfeger hieß er, ich weiß es noch wie heute, kam auf mich zu und sagte so ganz nebenbei: ‹Wenn du willst, kannst du bei uns anfangen. Am 1. Januar. Ein halbes Jahr zur Probe, und dann werden wir weitersehen.›

Meine Wünsche, meine Gebete waren in Erfüllung gegangen. Das war mein schönstes Weihnachtsfest, und noch heute, da ich jetzt viel allein bin, weil unsere Kinder soweit weg wohnen, denke ich an meine alte kleine Bude, an meinen knurrenden Magen, an den Sterntaler, an das Weihnachtsoratorium und das ungeheure Glück, das ich in meinem Leben gehabt habe.

Ja, mein Jung, Weihnachten kann man auf vielfältige Art und Weise feiern. Aber diese Weihnachten, damals in der St.-Jakobi-Kirche, enthielten alles, was wir von diesem Fest erwarten.»

Und dann schwieg Herr Huhmann, und wir tranken leise unseren Tee, und dann schien es mir an der Zeit zu sein, auf Wiedersehen zu sagen: «Hat mich sehr gefreut, mein Lieber, dass Sie mal vorbeigekommen sind. Und wenn Sie jetzt mal Trompetentöne im Haus hören, dann wissen Sie, dass ich mit meiner Geliebten spreche. Ich hoffe, dass Sie es nicht als Lärm empfinden.»

Ich verabschiedete mich und ging. Bei nächster Gelegenheit sagte ich zu meiner Mutter so nebenhin: «War ganz gut, dass ich da mal vorbeigeschaut habe. Ich glaube, er hat sich sehr gefreut.»

In den Händen eines Engels

Ingrid Schäfer

Der Geigenbauer Leonard sitzt ganz allein in der Kirchenbank. Er ist auf dem Heimweg zu einem kurzen Gebet hier eingetreten, und nun, in dieser friedvollen Stille, will er noch ein wenig seine Gedanken ordnen.

Leonard ist alt und müde. Morgen ist Heiligabend, und obwohl er sich sehr drauf freut, weiß er doch, dass er nicht mehr viele Weihnachtsfeste feiern wird. Bei diesem Gedanken fühlt er aber keine Traurigkeit. Ganz im Gegenteil. Er findet, dass der Schöpfer ihm gegenüber besonders großzügig gewesen ist. Er hat ihm Talent und Erfolg geschenkt. Viele Menschen haben *beides* nicht. Durch das dämmerige Nachmittagslicht wirft Leonard einen dankbaren Blick hinauf in das Kirchenschiff

Die einzige Sorge, die ihm aufs Herz drückt, ist der Gedanke an *la Divina*. Leonard hat sie so getauft, *die Göttliche*, die allerschönste Geige, die jemals aus seinen Händen hervorgegangen ist. Göttlich ist nicht nur ihr warmer Honigglanz, ihr Rücken aus feinporigem Ahorn mit einer Maserung, die an eine Jakobsmuschel erinnert, und ihre

Decke aus hundertjähriger Fichte. Göttlich ist auch ihr betörender, jubilierender Klang. Niemals hat sich Leonard von diesem Meisterwerk trennen können.

Aber jetzt, wo ihm nicht mehr viele Jahre bleiben werden, muss er sich überlegen, was aus dieser Geige werden soll. Leonard hat keine Erben. Wem kann er sie anvertrauen? Wer behandelt sie mit der Achtung, die sie verdient?? Welcher Meister der Musik kann sie so spielen, dass ihre ganze göttliche Seele hörbar wird???

«Ich!», ertönt eine fröhliche Stimme mitten durch die Stille. «*Ich* könnte sie so spielen. Du solltest sie *mir* schenken!»

Leonard schaut sich um, aber die Kirche ist leer. Dann bleibt sein Blick an der Säule neben seiner Bank hängen.

Wie alle Barockkirchen ist auch diese mit der ganzen Pracht jener reichen Epoche ausgestattet. An der Säule windet sich eine stilisierte Rosenranke empor. In ihren Windungen sitzen – von oben nach unten verteilt – sieben niedliche Engel mit sorgfältig vergoldeten Flügeln und Musikinstrumenten in den Händen – Harfe, Flöte, Posaune, Triangel. Das kleine Orchester wirkt lebendig und aufgekratzt, so als habe man gerade ein erfolgreiches Konzert gefeiert.

Nur der unterste Cherub hat kein Instrument. Seine rundlichen Hände sind leer, und auf seinem Gesichtchen liegt ein Hauch von Melancholie.

Leonard kommt vorsichtig näher. Er weiß, dass es lächerlich ist, mit einem Engel aus Stuck und Blattgold ein Gespräch zu beginnen. «Warum hast du kein Instrument?»

«Der Baumeister von damals hat es nicht mehr geschafft. Er ist gestorben, bevor er meine Geige in Angriff nehmen konnte …» Der Cherub muss so laut seufzen, dass der Ton durch das ganze Kirchenschiff wandert. «Ich bin Musiker. *Vollblutmusiker!* Kannst du dir vorstellen, wie grausam das ist, jahrhundertelang nicht spielen zu können? Mit leeren Händen untätig auf dieser blöden Ranke zu hocken? Meine Kollegen geben ja ihr Bestes, aber das Orchester ist und bleibt unvollständig. Und entsprechend klingt auch die Musik …»

Eine Sekunde lang glaubt Leonard zu sehen, wie er die winzigen Goldflügel traurig hängen lässt. «Musik? Was für Musik?»

«Weihnachtsmusik», sagt der Cherub stolz. «Wir spielen zu Ehren des Christkinds in der Heiligen Nacht, um die Stunde seiner Geburt zu feiern. Um Mitternacht, wenn die Glocken läuten, fangen wir an. Wir spielen die schönste Musik, die es dafür gibt, und die Töne steigen empor bis zu den Sternen – aber es fehlt die Geige …»

Wieder sinken die winzigen Flügel auf Halbmast. Leonard betrachtet voller Mitgefühl die leeren Händchen des verzweifelten Musikers. Der Ärmste! Und das seit Jahrhunderten! – Der Cherub scheint Leonards Gedanken lesen zu können.

«Schenk mir doch deine Geige!» Dieser Vorschlag kommt zaghaft, aber voller Hoffnung. «Du würdest sie damit gleichzeitig dem Christkind zum Geburtstag schenken, denn die Musik, die wir spielen, ist *seine* Musik. Himmlische Musik für göttliche Ohren. Die Menschen können sie nicht hören …»

Der Gedanke, dass seine geliebte Geige am persönlichen Geburtstagsständchen des Heilands beteiligt sein könnte, gefällt Leonard sehr. Warum eigentlich nicht? In der heutigen Zeit sind Wunder so selten geworden, dass man nicht zögern darf, wenn sich eines anbietet. Schon gar nicht, wenn es sich um ein Weihnachtswunder handelt.

«Ich gratuliere dir, *Maestro*!» Leonard klopft seinem kleinen Nachfolger sanft auf die Schulter. «Von dieser Sekunde an gehört dir die prächtigste Geige, die jemals erschaffen worden ist. Sie heißt «sagte der Verkäufer *la Divina, die Göttliche* … Mach ihrem Namen keine Schande!»

Ein so heftiger Luftzug weht durch den Raum, dass die Kerzen auf dem Altar in ein wildes Flackern geraten. So etwas soll vorkommen, wenn ein Engelorchester vor grenzenloser Freude mit allen vergoldeten Flügeln flattert.

Am Heiligen Abend, in der Mitternachtsmesse, sitzt Leonard erneut in der Bank neben der Säule und muss immer wieder hinaufschauen.

Auf der stilisierten Ranke hocken, wie gehabt, die geflügelten Musiker mit ihren Instrumenten. Auch der unterste Cherub hat ein Instrument, eine winzige, auffallend schöne Geige, und in einer eleganten Pose streicht er den Bogen über die Saiten. Seine Goldflügel funkeln, als ob sie sich im Takt bewegten.

Um Mitternacht, als die Glocken die Weihnachtsbotschaft einläuten, hört Leonard für einige Sekunden zwischen den Stimmen der Glocken noch etwas anderes – eine überirdisch schöne Melodie, jubilierende silbrige Töne, die zu den Sternen hinaufsteigen wie ein klingendes Gebet.

In Leonards Herz hat sich ein strahlendes Weihnachtslicht entzündet. Er weiß seine Geige in den besten Händen. In den Händen eines Engels …

Einbruch am Heiligen Abend

Andrea Tillmanns

«Du traust dich nicht, du traust dich nicht ...»

«Natürlich traue ich mich!», entgegnete Max scharf. Was war denn schon dabei? Wenn die alte Frau wirklich fast taub war, wie seine neuen Kumpel meinten, dann würde sie nicht hören, wie er durch das gekippte Fenster an der Seite des Hauses griff und den Engel von der Fensterbank nahm. Er müsste nur warten, bis die Alte auf das Klingeln seiner Kumpel hin die Haustür öffnen würde, dann blieb ihm genug Zeit zum Handeln.

«Dann mal los!», befahl Roco, der Anführer der Jungs. Max atmete tief durch. Eigentlich fand er es albern, einen Engel zu stehlen – wozu sollte das denn gut sein? Aber wenn die Gruppe ihn sonst nicht aufnahm ...

Unauffällig schlenderte er an der Seite des kleinen Häuschens entlang bis zu dem gekippten Fenster. Dort stand der goldene Engel, eine Harfe in einer Hand und den Mund geöffnet, so, als singe er gerade ein Lied, das nur er hören konnte. Aus der Nähe betrachtet, war der Engel nicht mal schön – er hatte viele Schrammen, die goldene Farbe war stumpf und an manchen Stellen abgeblättert.

Max hörte, wie es an der Haustür klingelte. Er wusste nicht, welche Geschichte sich Roco ausgedacht hatte und wie viel Zeit ihm blieb. Daher griff er sofort, als er die Stimme der alten Frau hörte, die die Haustür geöffnet hatte und nun mit Roco sprach, durch das gekippte Fenster nach dem Engel. Doch er hatte sich verschätzt, er konnte die Figur nicht mal mit den Fingerspitzen berühren. Hastig zog er den Arm zurück und betrachtete das Doppelfenster. Natürlich, er konnte durch das gekippte Fenster greifen und von innen den anderen Fensterflügel öffnen! Der Hebel ließ sich problemlos umlegen. Er drückte das Fenster, hinter dem zum Glück keine Blumen oder Figuren standen, auf, griff nach dem Engel hinter dem gekippten Fensterflügel und warf noch einen kurzen Blick in die Wohnung, ehe er das Fenster zuzog und rasch zur Straße lief. Noch während er den schäbigen Engel in der Tasche seiner Winterjacke verstaute, drängte sich das Bild des kleinen, schiefen Plastik-Weihnachtsbäumchens auf dem Tisch der alten Frau in seinen Kopf. Außer diesem hässlichen Baum und dem Engel, den er nun in der Tasche trug, hatte es im ganzen Raum keinen Weihnachtsschmuck gegeben – und dabei war heute schon der 23. Dezember! Der Engel wurde in seiner Tasche so schwer, dass Max glaubte, keinen Schritt mehr weitergehen zu können.

Endlich erreichte er Roco und die anderen Jungs, die lässig am Zaun des Nachbarhauses lehnten und ihn herausfordernd ansahen.

«Und, hast du den Engel?», erkundigte sich Roco und nickte anerkennend, als Max die Figur aus der Jackentasche zog.

«Cool, du hast es wirklich getan!»

«Was war denn daran cool?», hörte Max sich mit leiser, aber fester Stimme antworten. Er steckte den Engel wieder ein, ehe er Roco herausfordernd ansah. «Alte Damen beklauen kann doch jeder. Wenn ihr wirklich mutig wärt …»

«Wir haben doch keine Angst!», entgegnete Roco wütend. «Vor nichts! Also, was schlägst du vor?»

Rocos Vater wunderte sich zwar zuerst, dass sein Sohn dringend eine kleine Fichte aus seiner Baumschule haben wollte, entschied dann aber, dass das Bäumchen wohl für eine heimliche Freundin sein müsse, und machte sich keine weiteren Gedanken. Auch die Eltern von Max fanden nichts dabei, dass er den alten Christbaumfuß und etwas Baumschmuck, den sie seit Jahren nicht mehr benutzt hatten, aus dem Keller holte und in sein Zimmer trug. Ebenso wenig ahnten die Eltern der anderen Jungs aus Rocos Clique, was ihre Kinder mit Äpfeln und Nüssen, Strohsternen und Lametta-Resten wollten. Immerhin, dachten sie alle, schienen die Kinder so kurz vor Weihnachten endlich einmal brav zu sein. Sie ahnten nicht, dass die Jungs sich in der Nacht zum 24. Dezember heimlich aus ihren Elternhäusern schlichen, aus Dachfenstern krabbelten, über die Zäune der Nachbargärten kletterten, bis sie sich endlich am gleichen Haus trafen, an dem sie schon morgens zusammengestanden hatten. «Verdammt, das Fenster ist nicht mehr gekippt!», flüsterte Roco.

«Ich glaube, ich habe das Fenster daneben nur zugezogen», entgegnete Max nach einer Schrecksekunde leise. Tatsächlich ließ sich der rechte Fensterflügel leicht aufstoßen. Die Jungs zogen die Schuhe aus, um keine verräterischen Spuren zu hinterlassen, und kletterten leise hinein. Der Weihnachtsbaum wurde durch das Fenster gereicht, der Christbaumfuß hinterher. Es dauerte nicht lange, bis das kleine Bäumchen relativ gerade stand. Nun räumten die Jungs ihre Taschen aus, schmückten den Baum mit den Strohsternen vom letzten Jahr, dem Lametta, das bei ihnen zu Hause übrig geblieben war, den Äpfeln, Nüssen und Mandarinen, die sie sonst achtlos in der Obstschale liegen ließen, und einer von ihnen hatte sogar einen leicht ramponierten goldenen Stern für die Spitze des Weihnachtsbäumchens mitgebracht.

Als sie fertig waren, betrachteten sie im schwachen Licht des Mondes und der Straßenlaternen ihr Werk. «Cool», sagte Roco schließlich, und die anderen Jungen nickten. Das war wirklich mal etwas Besonderes, viel spannender und viel besser als ihre üblichen Abenteuer.

So leise, wie sie gekommen waren, verließen sie das Zimmer wieder durch das Fenster und schlüpften zurück in ihre Schuhe. Max stellte den Engel zurück auf die Fensterbank, ehe er das Fenster hinter sich zuzog. Hinter die Harfe hatte er einen kleinen Zettel geklemmt: «Entschuldige, dass ich für ein paar Stunden verschwunden war, ich hatte noch etwas Dringendes zu erledigen. Frohe Weihnachten!»

Die rettende Stund

Uwe Bernzen

Paul Kleinschmidt lag im Bett, was nicht weiter verwunderlich war, denn die Uhr zeigte drei Uhr zweiundfünfzig, und zu dieser Zeit liegt ja wohl die ganz überwiegende Mehrheit der Deutschen im Bett und schläft.

Letzteres tat Paul Kleinschmidt leider nicht. Er lag wach da, nachdem ihn eine innere Stimme aus einem Traum geholt und ihm gesagt hatte, es gebe in der kalten Wirklichkeit etwas Wichtiges zu erledigen.

Paul Kleinschmidt sah erstaunt um sich, aber er konnte in der stockfinsteren Nacht seines abgedunkelten Schlafzimmers nichts erkennen, und das beruhigende tiefe Atmen seiner neben ihm schlafenden Gattin sagte ihm, dass alles normal war und ihm keineswegs etwas Wichtiges in dieser kalten Nacht des 16. Dezembers erwartete: Ach ja doch, da war noch etwas. Die Zudecke war verrutscht und hing fast auf dem Boden. Seine Füße waren nicht bedeckt, und es fror ihn, denn sie schliefen bei offenem Fenster. Paul Kleinschmidt bemerkte enttäuscht, dass ihn so etwas Banales geweckt hatte und kein weihnachtlicher Engel.

Er kuschelte sich wieder ein und wollte weiterschlafen, da hörte er die Turmuhr der St.-Michaelis-Kirche schlagen. Erst schlug sie hell, viermal, dann schlug sie dunkel an, wieder viermal. Paul Kleinschmidt war ein wenig erstaunt. Seit wann hörte er hier St. Michaelis. Die Kirche stand ja ziemlich weit weg.

«Na, der Wind steht wohl günstig. Auch leider kein Wunder», sagte er sich und legte sich murrend wieder auf die andere Seite, um zu schlafen. Aber er war jetzt zu wach, um sofort wieder zu entschlummern. «Da uns schlägt die rettende Stund», schoss es ihm durch den Kopf. Das war doch eine Zeile aus einem Lied. Einem Lied, das sie früher, als er Kind war, immer gesungen hatten. Er fing an zu grübeln. «Wie hieß das Lied noch, und wie ging die Strophe zu Ende?» Es kam ihm in den Sinn, dass es sich wohl um ein Weihnachtslied handeln musste wegen der «rettenden Stund». Aber andererseits, zwingend war es auch nicht. Als er so weit war, schaltete sich seine Vernunft ein und verlangte energisch nach Ruhe. Es habe eben vier Uhr geschlagen, wie er wohl gehört habe, und es liege ein schwerer Tag vor ihm. Er solle gefälligst schlafen. Aber das war nicht so einfach. Der Schlaf ließ sich auf jeden Fall nicht herbeizwingen, zumal Paul Kleinschmidt bei dem Stichwort «Weihnachten» so richtig in Fahrt gekommen war. Heute Abend stieg die große Betriebsweihnachtsfeier. Er musste für den Chef die Jahresabschlussrede halten, denn der Alte drückte sich, eine Erklärung vorschützend, mal wieder um diese lästige Pflicht.

Wie sollte er eine weihnachtliche Ansprache halten, wo er doch in der vorherigen Woche in der Betriebsversammlung zu vermelden hatte, dass bis zum Sommer ein Drittel der Belegschaft «frei gesetzt» werden müsse. Er hasste solche Auftritte wie heute Abend, aber er war sie seinem Image als harter Hund schuldig. Letzte Woche Peitsche, heute Zuckerbrot.

Paul Kleinschmidt drehte sich schnaufend auf die andere Seite und sagte sich ernsthaft: «Nun sei vernünftig und schlaf wieder ein. Auch so eine Weihnachtsfeier überstehst du.»

Zwei helle Glockenschläge erinnerten ihn daran, dass er noch immer nicht wusste, zu welchem Lied die Zeile «… da uns schlägt die rettende Stund …» gehörte und wie das Lied weiterging.

Dummerweise fiel ihm in dem Moment ein, dass er sich für morgen Abend mit seiner Frau verabredet hatte, Weihnachtseinkäufe zu tätigen, und es fiel ihm dummerweise ebenso ein, dass er keineswegs wusste, was er ihr schenken sollte. In früheren Jahren hatte sie sich das immer selbst besorgt und es ihm dann vor dem Betreten des Weihnachtszimmers in die Hand gedrückt. Aber dazu hatte sie in diesem Jahr keine Lust mehr, und sie hatte in ihm den Ergeiz geweckt, selbst aktiv zu werden. Aber so viel er auch grübelte, es fiel ihm beim besten Willen nicht ein, welche Wünsche seine Frau wohl haben könnte.

Na, vielleicht würde sie ihm ja noch ein paar gute Tipps geben, und ganz vielleicht könnte er sich ja auch mal mit ihr ernsthaft unterhalten und dabei von ihren Wünschen erfahren. Nur, wann sollte das geschehen, wo der Jahresabschluss in der Firma so unmittelbar bevorstand?

Von der Turmuhr der fernen und doch so freundlich nahe klingenden St.-Michaelis-Kirche schlug es mit feinen hellen Schlägen dreimal. Paul Kleinschmidt seufzte und drehte sich mit leichter Verzweiflung immer wieder auf die andere Seite: «Es ist doch zu blöd, dass ich das Lied, das wir früher so oft gesungen haben, nicht mehr kenne … da uns schlägt die rettende Stund … und wie geht es weiter?? Es muss doch herauszukriegen sein, was es mit der rettenden Stunde auf sich hat.» Er grübelte und grübelte, aber schließlich hatte der Körper ein Einsehen mit ihm, und er dämmerte leise zurück in das Land der verheißungsvollen Träume. Das Fünf-Uhr-Schlagen hörte er schon nicht mehr. Die Frage nach der rettenden Stund aber erwartete ihn am nächsten Morgen schon beim Zähneputzen wieder. Er stellte sie seiner jüngsten Tochter am Frühstückstisch. Sie lachte und sagte frech: «Das weiß doch jedes Kind!»

Was jedes Kind weiß, verriet sie ihrem Vater gemeinerweise aber nicht. Scheinheilig stellte sie ihn dann aber zur Rede, als er sich gerade in das Auto schwingen wollte. «Hattest du heute eigentlich eine stille Nacht?» – «Was soll denn diese Frage?», rief er kopfschüttelnd, bevor er losfuhr. «Ich habe stundenlang wach gelegen, weil mich die Turmuhr von St. Michaelis mit ihrem Gebimmel nicht wieder einschlafen ließ.» Dann brauste er winkend davon.

Sein Büro lag nahe bei St. Petri, und prompt, als diese ehrwürdige Kirche um zwölf Uhr mittags zu läuten anfing, kam ihm die Frage nach der rettenden Stund und dem Lied wieder. Und wieder wusste er keine Antwort. Da beschloss er, weil er auch so viel zu tun hatte, die Sache als erledigt abzuhaken. «Wenn man mal keine Antwort auf eine Frage des Lebens weiß, ist das ja auch keine Schande», rechtfertigte er sich vor sich selbst.

Aber abends in der Werkhalle, als der Caterer alles für die Betriebsfeier gerichtet und der Betriebselektriker den Tannenbaum und damit die Weihnachtsstimmung angeschaltet hatte, wurde ihm aus vielen großen Lautsprechern des Rätsels Lösung mehrfach während der Veranstaltung vorgesungen. Paul Kleinschmidt bekam ein paar rote Ohren, weil er sich schämte, so dumm gewesen zu sein, weil er die rettende Stund nicht richtig eingeordnet und das Lied nicht erkannt hatte. Ja, es war ein Weihnachtslied, was er da hörte, und die rettende Stund und die nachfolgende Zeile erklärten den Sinn des ganzen Aufstandes, der zu diesem Fest gemacht wird.

Als er spät am Abend mit etwas Schlagseite nach Hause kam, weckte er seine Frau, die beim Warten auf ihn im Sessel eingeschlafen war, und teilte ihr des Rätsels Lösung mit. Sie lächelte freudig erregt und sagte: «Paul, das ist doch das bekannteste Weihnachtslied, das wir haben. Wir werden es – wie immer – am Heiligen Abend singen.»

Warten auf Oma

Christine Pilot

Ich weiß noch, wie ich mit meiner Mutter auf dem Bahnsteig stand. Es war kurz vor Weihnachten 1958, und wie zu jedem Fest sollte meine Oma aus Leipzig kommen, zu uns, ihrer Familie in West-Berlin.

Ich konnte ihre Ankunft kaum erwarten. Meine Oma aus Leipzig! Die mit mir Verstecken spielte, Bilderbücher ansah, Schattenspiele machte und – die so wundervoll Märchen erzählen konnte: Sie ließ den Wolf mit tiefer, die Geißlein mit hoher Stimme sprechen, ließ Gretel ängstlich, Rumpelstilzchen siegessicher klingen … Wenn meine Oma mir ein Märchen erzählte, war ich wie in einer anderen Welt.

Ungeduldig hüpfte ich an der Hand meiner Mutter, sehnsüchtig auf die nächste S-Bahn wartend. Wir standen auf einem Bahnsteig des Bahnhofs Zoo, wo wir jedes Mal meine Oma empfingen. Sie fuhr immer mit dem D-Zug bis Berlin-Ostbahnhof und stieg dort in die S-Bahn um.

Jedes Mal war meine Mutter erleichtert, wenn sie *ihre* Mutter umarmen konnte. Das hatte einen ganz bestimmten Grund: Meine Oma ließ es sich nämlich nicht nehmen, auch unerlaubte Güter in den Westen zu bringen. Erst das letzte Mal hatte sie einen goldumrandeten, mit rosa Rosen bemalten Teller vorsichtig aus ihrem Nachthemd gewickelt. «Das sollst du doch nicht!», hatte meine Mutter ausgerufen. «Wenn sie dich nun erwischen! Ist es das wert?»

«Erwischen?», hatte ich erstaunt gefragt. Und meine Mutter hatte erklärt, dass die Oma solche Sachen nicht mitbringen dürfe, das erlaubten die Grenzpolizisten nicht. «Was würden die mit Oma denn machen?» – «Die würden ihr die Sachen wegnehmen und Oma vielleicht gar ins Gefängnis …»

«Denke nicht so was, meine Gute», hatte meine Oma unterbrochen und gefragt, was sie eigentlich Unrechtes tue: Stammten die Sachen, die sie mitbrachte, nicht aus dem alten Haushalt meiner Eltern? Hatten sie durch ihre Flucht nicht schon genug verloren? Zu mir gewandt aber hatte sie gesagt: «Die erwischen deine Oma schon nicht», und auf ihre Reisetasche gewiesen, die *viel* zu klein sei, als dass man darin mehr als Übernachtungszeug vermuten könne.

Ja, meine Oma hatte mich völlig beruhigt. Und so sah ich an jenem Dezembertag ohne jede Sorge der S-Bahn entgegen, mit der meine Oma mitkommen sollte. Die Türen gingen auf, der Bahnsteig füllte sich … Aber: Meine Oma war nirgends zu sehen!

«Vielleicht hat sie einfach diese S-Bahn verpasst», sagte meine Mutter zu mir, doch ich spürte, wie sie meine Hand jetzt fester hielt.

Bald fuhr die nächste S-Bahn ein, bereits mit weniger Passagieren. Wieder kam meine Oma nicht mit!

«Wo ist Oma?», fragte ich ängstlich, doch meine Mutter wandte sich schon einigen Fahrgästen zu: «Sind Sie mit dem Zug aus Leipzig gekommen? Ist der Zug pünktlich eingetroffen?» Ja, beides konnten die Leute bestätigen, mehr aber wussten sie nicht zu sagen.

Auch die paar Passagiere der nächsten S-Bahn, die noch von dem Zug aus Leipzig kamen, konnten uns nicht weiterhelfen. Dass Reisende den Zug hatten verlassen müssen, jaja, das komme eben immer mal vor, aber ob meine Oma darunter gewesen sei …

Unsere Hände waren trotz der Kälte ganz feucht geworden; voller Unruhe gingen wir auf und ab. «Wo ist Oma?», rief ich, inzwischen weinend, während sich meine Mutter verzweifelt nach Hilfe umsah …

Ja, wo war meine Oma? Und was war geschehen? Ach, es sollte noch Stunden dauern, bis wir die folgende Geschichte hörten:

Begonnen hatte alles mit einem Puppenbett, das meine Oma hatte erstehen können: ganz überraschend und unter der Hand. Das *musste* sie einfach ihrem Enkelkind bringen! Natürlich brauchte sie dafür eine viel größere Tasche, denn wie sonst sollte sie das Bett nach Berlin transportieren? Und als dann das Bett in der Tasche stand, so tief unten und mit so weichen Kissen, da kam ihr auf einmal diese Idee: Sollte sie nicht endlich die große Meißener Vase …?

Gedacht, getan. Zwei Tischdecken darauf und erst *darüber* ihre Übernachtungssachen. Und da ein paar Kuhlen sie regelrecht lockten, griff sie auch noch nach zwei Sammeltassen, wickelte diese in Unterwäsche, stopfte sie in die Vertiefungen und bedeckte alles mit ihrer Strickjacke. Dann saß meine Oma im Zug Leipzig–Berlin. Immer wieder blickte sie zu der großen Tasche hinauf, die ein Mitreisender auf die gegenüberliegende Gepäckablage gestemmt hatte: O ja, es war eine kostbare Fracht, aber eine gefährliche auch, denn allein die Meißener Vase …

Doch meine Oma nahm sich zusammen. «Ich tue nichts Unrechtes», sprach sie sich vor. «Es wird schon gut gehen.»

Schließlich war es Zeit für die Ausweiskontrolle. Der Uniformierte ließ seinen Blick auch über die Gepäckstücke der Reisenden wandern: «Wem gehört die große Tasche?» «Mir», antwortete meine Oma und hörte erstaunt, wie besorgt so ein kleines Wort klingen konnte. «Was haben Sie da drin?» – «Nu», machte sie so gelassen wie möglich, «was man so braucht für 'n paar Tage über Weihnachten.» «Ach! Dafür brauchen Sie so eine große Tasche? Kommen Sie mal mit raus.»

Und dann stand meine Oma auf dem Bahnsteig. Ihr Zug fuhr weiter, und sie sah hinterher. O Gott, dachte sie, war es jetzt doch so weit? Hatte ihre Tochter es nicht immer gesagt?

Da hörte sie Schritte. Ein anderer Uniformierter, groß und beleibt, blieb vor ihr stehen: «Dann machn Se Ihre Dasche ma off.» Meine Oma stutzte: Etwas Weiches lag in dieser Stimme, ganz unabhängig von dem sächsischen Dialekt. Zitterig zog sie den Reißverschluss auf, sah obenauf ihre Strickjacke liegen. «Nu packn Se ma aus!», hörte sie ihn sagen.

Was sollte sie herausholen? Nur ihre Jacke? Dann sah er die verdächtig gewölbte Wäsche! Nein, sie griff *tiefer* unter die Jacke, versuchte die zwei Tassen mit herauszuheben …

Da rutschte die eine aus dem weichen Stoff und zersprang in drei Scherben auf den Steinen des Bahnsteigs.

«Ach, um Gottes willen!», rief meine Oma aus und spürte, wie ihr die Tränen in die Augen schossen. Doch fast gleichzeitig war es ihr, als habe sie ein leises «Ach, du liebe Zeit» gehört. Ach, du liebe Zeit? Stand hier etwa eine mitfühlende Seele? Ja, musste sie diese Chance nicht nutzen? Sie hatte doch dieses kleine Talent!

«Die schöne Tasse!», jammerte sie los, «Das war doch 's Geschenk für meine Tochter, mit meiner kleinen Rente, wissen Sie, da kann ich ihr doch kaum was kaufen, drum wollte ich ihr 'ne Tasse von meinen schenken. Was soll ich denn nun machen, ach, die schöne Tasse …» Und sie ließ ihre Tränen nur so fließen.

«Nu beruhschn Se sich doch, gute Frau», beschwichtigte der Mann. «So 'ne Dasse, die kamma doch wieder kiddn. Da märgd mo hinderhär gor nischt mähr.» – «Glauben Sie wirklich?», fragte meine Oma und sah ihn betont hoffnungsvoll an. «Nu freilisch», antwortete der und wandte sich ab, sagte nur noch, sie solle vorsichtig alles schön wieder einpacken …

Meine Mutter und ich waren irgendwann nach Hause gefahren. Ich saß zusammengekauert auf der Couch, meine Mutter telefonierte mit meinem Vater.

Da klingelte es. «Warte kurz», flüsterte meine Mutter in den Hörer und hastete hinter mir her zur Tür.

Im Treppenhaus waren langsame Schritte zu hören, Schritte wie von jemandem, der schon alt ist oder der schwer zu tragen hat.

Es war jemand, der alt war und der auch noch schwer trug: Mit einer riesigen Reisetasche in der Hand kam meine Oma die Treppe hoch.

Heiligabend stand das Puppenbett unter dem Christbaum. Ich legte abwechselnd alle meine Puppen hinein. «Das Bettchen ist mein *schönstes* Weihnachtsgeschenk!», rief ich meiner Oma zu, die mit meinen Eltern auf der Eckcouch saß.

«Ja», sagte meine Mutter und griff nach der Hand meiner Oma. «Dass unsere Kleine mit dem Bettchen spielen kann, *das* ist wirklich das schönste Weihnachtsgeschenk.»

Der Engel in Jeans

Marlies Kalbhenn

Ich werde das Fest verschlafen, dachte sie, wie letztes Jahr und vorletztes auch. Nichts hören, nichts sehen. Höchstens das Pflicht- oder Kurzprogramm. Um das Kurzprogramm würde sie nicht herumkommen: Kartoffelsalat und Würstchen, Kerzen anzünden, ein Lied singen oder auch nicht, Bescherung und dann – macht, was ihr wollt!

Seit sie nach ihrer Scheidung wieder angefangen hatte zu arbeiten, war es vorbei mit Weihnachten. Sie war einfach zu müde, zu erschöpft, zu ausgelaugt. Ihre Füße brannten. Und ihr Kopf schmerzte.

Ich bin so müde, dachte sie, so müde.

Für die Angestellten im Einzelhandel müsste es ein eigenes Weihnachtsfest geben. Im Februar/März zum Beispiel, wenn die Inventur, die Umtausche und der Winterschlussverkauf erledigt waren. Oder in der Sauregurkenzeit des Sommers.

Unzählige Überstunden lagen hinter ihr. Dazu vier lange Samstage. Der Abteilungsleiter seit Wochen gereizt, die Kolleginnen ebenfalls und, je näher der Heilige Abend kam, auch die Kunden. Vier Wochen Weihnachtslieder von morgens bis abends. Vier Wochen Weihnachtsdekoration. Vier Wochen kaufhauseigene Weihnachtsmänner. Vier Wochen – das waren drei Wochen zu viel.

Sie war gern Verkäuferin, trotz des eher mageren Gehaltes, das sie dringend benötigten; trotz des permanent schlechten Gewissens der Kinder wegen, für die sie viel zu wenig Zeit hatte: die Große mitten in der Pubertät und die Kleine kurz davor.

Das ganze Jahr über war sie gern Verkäuferin, nur in den Wochen vor Weihnachten nicht.

Der Heilige Abend war immer der anstrengendste Tag des Weihnachtsgeschäftes; denn die Unentschlossenen gerieten in diesen letzten Stunden vor Ladenschluss in Panik, in wortwörtliche Torschluss-Panik – aus Angst, nichts mehr abzubekommen und am Abend mit leeren Händen dastehen zu müssen. Andere hatten gemerkt, dass ihnen noch diese oder jene Kleinigkeit fehlte. Und alle in Eile. Und alle ließen sich alles, aber auch alles in Geschenkpapier einpacken. Niemand nahm sich mehr die Zeit, das selbst zu tun, später, zu Hause, wie es sich eigentlich gehörte.

Beim Einpacken war es dann auch zum Schluss noch passiert: Eine ziemlich teure Porzellanschale war ihr aus den Händen gefallen und zerbrochen. Ein Einzelstück. Peinlich! Und gar nicht wiedergutzumachen.

Zum Glück hatte sie die Bahn noch erreicht. Um ein Haar! Und den letzten Sitzplatz im Abteil. Sie schaute sich nicht um. Sie schaute aus dem Fenster. Heute würde sie ihren Platz nicht hergeben, für niemanden, so alt und gebrechlich er auch sein mochte. Heute nicht!

Sie schlüpfte aus den Schuhen und lehnte ihre heiße, pochende Stirn an die schmutzige, aber kühle Scheibe.

Ob die Große ein bisschen aufgeräumt hatte? Vermutlich nicht. Auch für die Mädchen war es in diesen Wochen nicht leicht mit einer müden, gereizten und traurigen Mutter, die noch weniger Zeit hatte als sonst.

Endstation. Noch zehn Minuten mit dem Auto, dann würde sie zu Hause sein. Wenn sie nur nicht so müde wäre!

«Reiß dich zusammen!», sagte sie leise, während sie sich in ihre Schuhe zwängte, die sie besser angelassen hätte.

Dann nahm sie die Taschen, die die Geschenke für die Kinder und Lebensmittel enthielten, und stieg aus. Wie gut, dass es in ihrem Kaufhaus alles gab: Spielsachen, Kleidung, Bücher, Lebensmittel, Süßigkeiten.

An der Bahnsteigtreppe blieb sie einen Augenblick stehen. Ich kann nicht mehr, dachte sie, ich kann einfach nicht mehr. «Darf ich Ihnen Ihre Taschen abnehmen? Sie scheinen sehr müde zu sein», sagte plötzlich jemand neben ihr.

«Ja», sagte sie. «Ich bin sehr müde.»

«Und traurig.»

«Ja.»

«Ich weiß», sagte der Mann, den sie noch nie vorher gesehen hatte, im Kaufhaus nicht, in der Bahn nicht, nirgends. Wenn er in der Bahn gewesen wäre, in ihrem Abteil, hätte er ihr auffallen müssen, denn zum Schluss hatten nur noch wenige Leute darin gesessen.

«Verkäuferin zu sein ist bestimmt sehr anstrengend.»

«Ja», sagte sie, «besonders in diesen Wochen.»

«Ich weiß.»

In der Bahnhofshalle nahm sie den Autoschlüssel aus ihrer Handtasche.

«Geben Sie ihn mir», sagte der Mann, «ich schließe für Sie auf.»

Sie sah ihn von der Seite an. Nein, sie hatte ihn noch nie gesehen. Ganz sicher nicht.

Er trug Jeans und eine Art Norwegerpullover. Er war weder jung noch alt.

Auf dem Bahnhofsvorplatz wandte er sich ohne zu zögern nach links.

Woher weiß er?, dachte sie und wunderte sich, dass sie sich so wenig wunderte.

Zwanzig bis dreißig Autos standen auf dem Parkplatz. Mit einer Sicherheit, die sie nun doch etwas verunsicherte, ging er geradewegs auf ihres zu.

«Soll ich die Taschen in den Kofferraum tun?», fragte er.

«Ja», antwortete sie.

«Fröhliche Weihnachten», sagte er, als er ihr die Tür aufhielt und beim Einsteigen half.

«Fröhliche Weihnachten und … danke!»

Sie ließ den Motor an, um ihn gleich wieder abzustellen; denn sie wollte nun doch wissen, wer er sei und woher er das alles wisse, das mit ihr und überhaupt. Aber der Mann in Jeans und Norwegerpullover, der eben noch neben der Tür gestanden hatte, war verschwunden.

Das gibt es doch nicht, dachte sie und stieg aus.

Sie konnte den ganzen Parkplatz überblicken. Der Mann war nicht mehr zu sehen.

Das glaubt mir keiner, dachte sie.

Bevor sie den Motor wieder anließ, warf sie einen Blick in den Innenspiegel. Sie schaute sich eine Weile an, erstaunt, ja fasziniert über die Veränderung, die mit ihr vorgegangen war. Ihre blassen Wangen hatten etwas Farbe bekommen, die Schatten unter den Augen waren verschwunden, und die Müdigkeit hatte einer ruhigen, gelassenen Heiterkeit Platz gemacht.

«Das glaubt uns keiner», sagte sie und lachte ihr Spiegelbild an.

Als sie zu Hause ankam, war die Wohnung warm und aufgeräumt. Der Tannenbaum war geschmückt und der Kaffeetisch gedeckt.

«Ich habe mich so auf euch gefreut», sagte sie zu den Mädchen. «Wir werden ein schönes und fröhliches Fest haben.»

Und sie hatten ein schönes und fröhliches Fest, das schönste und fröhlichste Weihnachtsfest seit langem.

Die Kinder spürten die Veränderung, die mit ihr vorgegangen war. Aber sie verriet ihnen nicht, wer oder was diese Veränderung ausgelöst hatte.

Das bleibt mein Geheimnis, dachte sie.

Sie sah den Mann, an dessen Aussehen sie sich später kaum noch erinnern konnte, nie mehr wieder. Und oft dachte sie, sie habe das alles nur geträumt. Aber manchmal, wenn die Müdigkeit und die Traurigkeit sie überwältigen wollten, spürte sie ihn, unsichtbar zwar, ganz so wie damals an ihrer Seite. Und sie hörte seine Stimme:

«Du bist sehr müde.»

«Ja.»

«Und traurig.»

«Ja.»

«Ich weiß.»

Nicht immer, aber immer wieder einmal war dieses *Ich weiß* ein Zauberwort, das ihr für eine Weile half, das Leben weiter zu bestehen.

Wünsche

Benedikta Buddeberg

Der Kneipensaal war spartanisch eingerichtet, auf dem dunklen Holzfußboden waren in langen Reihen Tische angeordnet. Die dunklen Stühle waren an den Kanten leicht gesplittert und deshalb bei den Damen gefürchtet, denn man musste sehr aufpassen, dass sie den kostbaren Nylons nicht Laufmaschen rissen. Und Maschen aufnehmen lassen war teuer, neue Strümpfe waren noch teurer. Die Tische waren neu. Jedenfalls die Resopalplatten, weiß mit blassgrauem Netzmuster. Tischdecken gab es nicht, aber auf jedem zweiten Tisch brannte eine rote Kerze neben einem Tannenzweig.

Auf der Bühne spielten Männer in schwarzer Paradeuniform mit steifen Hüten, an denen die traditionellen weißen Federbüschel wippten, Weihnachtslieder. Wenn sie nicht mit ernster Konzentration ihre Blasinstrumente zum Klingen brachten, lächelten sie. Das war ungewöhnlich, denn bei der Fronleichnamsprozession oder bei Beerdigungen von Kumpeln hatten sie würdige, ernste Gesichter.

Aber heute war Weihnachtsfeier des Knappenvereins, und sie lächelten, weil sie die Lieder vom Schnee, vom Tannenbaum und vom Kindlein spielten. Besonders die Frauensleute, die heute in ihrem Männerverein mitfeierten, und die ganzen Blagen, Verzeihung, Kinderlein, sangen mit: ‹Freue dich, Christkind kommt bald›.

Streuselkuchen gab es, aber auch Spekulatius und Pfeffernüsse, dazu Kaffee für die Erwachsenen und Kakao für die Kleinen. Der Bierumsatz war heute eher gering. Nur wenige Männer blieben an der Theke hängen, um schnell ein, zwei Pils zu trinken. Ihr langes Ausbleiben wurde von den Frauen bald bemerkt, die ihren Gatten dann mehr oder weniger deutlich zu verstehen gaben, dass sie sofort, es sei schließlich Weihnachtsfeier und die Blagen und überhaupt. Auch nach der Feier würde kaum jemand bleiben und den Bierumsatz steigern. Zum Glück war ja nur einmal im Jahr Weihnachten.

Zwischen den Musikstücken redete der Vorsitzende über die Erfolge des Vereins, über Weihnachten und über Frieden. Mit geheimnisvollem Blick wandte er sich an die Kinder. Der Nikolaus werde für die Kinder eine Überraschung mitbringen, aber auch «dat Schwatze Buch, wo alles drin steht, wat man so an Mist gemacht hat, das ganze Jahr». Mit fast bedrohlichem Unterton verkündigte er: «Der Nikolaus weiß allet, aber …», er machte gekonnt eine Pause, «aber er kennt auch das Christkindchen, da müsst ihr ihm sagen, wat ihr euch wünscht.»

Der Vorsitzende redete noch weiter. Dann spielte wieder die Bergmannskapelle, und es wurde gesungen. Die Erwachsenen freuten sich schon auf die Vorführung. Es war immer lustig, wenn Kinder vorgeführt wurden. Und wenn man ihnen auch noch ein bisschen Angst machte, dann gab es immer was zu lachen. War natürlich nur im Spaß, nicht im Ernst. Wenn mal eins von den Blagen zu flennen anfing, dann hieß es: «Och, musse nich weinen. Pass ma auf, der Nikolaus hat hier was für dich, und wat soll dat Christkindchen dir bringen?»

«Wat wünschze dir eigntlich vom Christkindchen?» Diese Frage, die alle Jahre auftauchte, war schwer zu beantworten. Alle möglichen Leute fragten das, Onkel und

Tanten, Oma und Opa, aber auch die Nachbarin und der Milchmann. Eigentlich alle Erwachsenen. Und jetzt würde auch noch der Nikolaus das fragen. Er würde nicht alle Kinder fragen, es waren zu viele, aber in diesem Jahr hatten sie einen guten Platz, nahe bei der Bühne. Was, wenn der Nikolaus gerade sie aufrufen würde und sie auf die Bühne müsste. Was würde sie antworten auf die Frage: «Was wünscht du dir?»

Da saß sie neben ihren Eltern in blau-rot kariertem Schottenlatzrock und weißer Bluse. Die Haare ordentlich hochgesteckt und mit einer großen Schleife verziert. Weiße lange Strümpfe steckten in schwarzen Lackschuhen, die immer hin und her pendelten, weil die Füße nicht bis zum Boden reichten. «Wackel nicht dauernd mit den Beinen», hatte Mama ihr zugezischt. Na, das wusste der Nikolaus sicher auch schon, dass sie hier dauernd mit den Beinen wackelte. Und dass sie jede Messe zweimal aufs Klo musste und neidisch war auf das Spielzeug von ihrem Bruder. Wahrscheinlich wusste er auch von den Bildchen, die sie heimlich in ihr Heft gemalt hatte. Das war alles nicht so schlimm.

Aber was sollte sie sich wünschen? Nicht etwa, dass sie keine Wünsche gehabt hätte, da gab es schon einiges. Die Gelegenheit war selten, dass man vom Nikolaus gefragt wurde. Das war fast wie bei der guten Fee im Märchen. Nur nichts Falsches sagen, das Richtige wünschen, wenn überhaupt. Eigentlich sollte sie ja überhaupt nichts sagen. Wenn jemand fragte: «Was wünschst du dir?», sollte sie antworten: «Nichts.» Nichts, das war höflich, etwas wünschen war unverschämt. «Nichts» und dabei den Blick senken. Das wirkte bescheiden, erleichterte aber in Wirklichkeit die Lüge. Natürlich gab es Dinge, die sie sich wünschte:

rote Schuhe zum Beispiel oder Legosteine, aber das war ja Jungenspielzeug.

«Nichts», das bedeutete, dass man alles hatte, dass es einem gut ging, dass man nichts brauchte und darum auch nichts wünschte. Alles andere bedeutete automatisch, dass man unzufrieden war, ja sogar undankbar. «Nicht mal ein Buch?», hatte der Patenonkel im vorigen Jahr gefragt, und sie hatte heftig genickt und gestrahlt, aber der Blick ihrer Mutter ließ sie dann verschweigen, dass sie von einem Winnetou-Buch träumte. Natürlich war «Försters Christel und ihre Tiere» auch ein schönes Buch, sogar spannend, weil ja auch ein Waldbrand darin vorkam.

Was sollte sie nur sagen, wenn der Nikolaus ausgerechnet sie fragte? Zum Nikolaus musste man ja ehrlich sein, denn der kannte das Christkindchen. «… lustig, lustig, tralalalala», sang der Saal, und es klang ein bisschen nach Fußballplatz. Der Nikolaus kam auf die Bühne mit schwerem Sack. Er winkte mit der Rute. Es wurde still im Saal. «Wart ihr auch immer schön artig?» Nicken, Ja-Rufe und «Na-na-na» der Erwachsenen folgten. Feierlich wurde der Sack geöffnet, eine große schwarze Kladde, das Schwarze Buch, kam zum Vorschein. Gespannt warteten die Kinder, wer von ihnen aufgerufen würde. Dass es Wölfi, der jüngste Sohn des Ersten Vorsitzenden war, wunderte die Erwachsenen kaum. Grinsend kam der fünfjährige Blondschopf auf die Bühne gewuselt.

«So, du bist also der Wolfgang. Ich bin der Nikolaus, guten Tag, Wolfgang.»

Während sich der Nikolaus zu ihm herabbeugte, blickte Wölfi ins Publikum und rief laut: «Ich wünsch mir vom Christkindchen eine elektrische Eisenbahn!» Lachen brandete auf. Der Nikolaus ließ sich nicht beirren: «Hier steht, dass du immer die Speckstippen aus der Suppe pulst und nicht mitessen willst!» Auch Wölfi ließ sich nicht beirren: «Ich wünsch mir vom Christkindchen eine elektrische Eisenbahn!» Wieder Lachen. «Und was war mit dem Feuerchen im Kartoffelkeller?» – «Ich wünsch mir vom Christkindchen eine elektrische Eisenbahn!»

Die Heiterkeit des Publikums nahm orkanartige Züge an. «Ich sach et dem Christkindken», brummte der Nikolaus genervt.

Wölfi hatte erkannt, dass er die Lacher auf seiner Seite hatte. Er rief also noch lauter als zuvor: «Ich wünsch mir vom Christkindchen eine elektrische Eisenbahn!»

Applaus und Gejohle waren die Antwort. Das kleine Mädchen war sicher: Jetzt müsste was Schreckliches passieren. Würde der Nikolaus Wölfi verdreschen, oder würde sein Vater ihm eine knallen? Nichts von alledem. Entnervt legte der Nikolaus das schwarze Buch beiseite. «Hier hasse deine Tüte, und gez setz dich wieder hin.»

Er zog eine natronbraune Tüte mit Nikolausaufdruck aus dem Sack und drückte sie Wölfi in die Hand. «Tu ma verteilen», wies er den Vorsitzenden an. Der ergriff den Sack und eilte von der Bühne herunter. Dabei kniff er seinem Söhnchen ein Auge zu, das noch ein letztes Mal seinen Satz brüllte. Aber das ging dann im Lärm der Tütenverteilung unter.

Das kleine Mädchen war ziemlich verwirrt. Wölfi würde sicher keine Eisenbahn bekommen. Wieder irrte sie sich. Er bekam die Eisenbahn, ein Indianerfort und später sein Abitur, Auto, Haus, eben alles, was er sich wünschte. Das hat sie erst später erfahren, denn immer, wenn die Geschichte jener Weihnachtsfeier erzählt wurde, erfuhr man auch das Neueste über Wölfi.

Auf dem Heimweg erlebte sie übrigens noch eine Überraschung. Sie meinte ihre Mutter sagen zu hören: «Ja, ja, der Wolfgang, der macht es richtig, aus dem wird nochmal was.» Aber da musste sie sich wohl verhört haben.

Weihnachten im Kindergarten – geborgen und getragen

Margot Ernst

In der Igel-, Teddy-, Regenbogen- und der Sonnenblumengruppe des Evangelischen Kindergartens in Steinbergkirche beginnt die Adventszeit mit den vielen Aktionen und Vorhaben, kurz nachdem der traditionelle Laternenumzug des Kindergartens am Martinstag, dem 11. November, stattgefunden hat. Eigentlich hat es an diesem Tag fast jedes Mal geregnet, sodass Gummistiefel und Regenschirm zur Standardausrüstung gehören. In der Kirche St. Martin in Steinbergkirche, die unmittelbar neben dem Kindergarten schon seit mehr als 800 Jahren steht, wird des Namenspatrons der Kirche, des heiligen Martins, gedacht. In der Kirche werden die bekannten Laternenlieder mit Orgelbegleitung gesungen. Es wird gebetet, und Texte werden gesprochen. Ein Spiel, bei dem die Kinder durch Textwiederholungen einbezogen werden, bringt allen noch einmal die Geschichte von Martins Mantelteilung mit dem Bettler in Erinnerung. Anschließend leuchten die bunten Laternen durch die Straßen von Steinbergkirche, und vorbei am Feuerwehrhaus geht der Umzug zum nahen Sportplatz, wo auf den St. Martin auf dem Pferd gewartet wird. Das ist immer ein toller Anblick, wenn der Reiter samt wehendem Mantel seine Runden macht. Wenn das Wetter unbeständig und der Boden für das Pferd zu aufgeweicht ist, wird auch schon mal vergeblich auf den heiligen Mann gewartet. Auf dem Rückweg gibt es dann vom Bäcker für die Kinder als Belohnung kleine Brotmännchen mit Pfeifen.

Die Leiterin des Kindergartens in Steinbergkirche, Maike Jessen, staatlich anerkannte Erzieherin mit Waldorfpädagogik im Gepäck, leitet den Kindergarten, der derzeit von achtzig Kindern im Alter von zwei bis sechs Jahren besucht wird. Keiner glaubt dieser zierlichen Frau, dass sie selbst schon Mutter dreier Kinder ist. Nur der Funke im Herzen kann das Feuer gegenüber entfachen, das wäre der treffende Satz für das großartige Engagement, das sie versprüht. Mit wahrer Freude berichtet sie vom Kindergartenalltag, und nimmermüde hat sie sofort ein Lied auf den Lippen. Zusammen mit weiteren acht Erzieherinnen werden Gerrit, Jule, Lilly, Simon, Luise, Niko, Felix, Lene, Luise und Lefke, um nur einige Kindernamen zu nennen, kaum spürbar äußerst liebevoll an die Hand genommen und für dieses wunderbare Leben vorbereitet.

In diesem Kindergarten wird ganz viel gesungen, sodass es für die Kinder selbstverständlich ist, frei zu singen und frei zu sprechen. Das zeigt sich bei den «Schulis» (die Fünf- bis Sechsjährigen, die im nächsten Jahr eingeschult werden), wenn sie zum Seniorenkaffee am Nikolaustag eingeladen werden, um mit adventlichen Liedern und Gedichten, nicht zu vergessen die kindliche Unbedarftheit, den Nachmittag zu verschönern.

In jeder Kindergartengruppe wird ein Adventskalender

gebastelt und kreativ gestaltet. Da werden kleine Päckchen auf die jeweiligen Türen mit Nummern geheftet, täglich morgens wird nach Losentscheid ein Nummernzettel von einem Kind gezogen, und im Beisein aller darf diese oder dieser seine kleine Adventsbescherung auspacken.

Schon tönt es vom Flur … Der Weg ist lang und weit. Maria wartet auf ihr Kind. Und Josef führt durch Nacht und Wind. So gehen sie zu zweit. Der Weg ist lang und weit … Es gibt den Jahreszeitentisch mit Maria und Josef, der jeden Tag ein Stück wandert, um am Ende der Adventszeit den Stall zu erreichen. Dafür scheint täglich ein Stern mehr am Himmel über dem Tisch. Diese Aktion zusammen mit dem täglichen Singen unter dem großen Adventskranz im Eingangsbereich des Kindergartens ist besonders wichtig. Dabei lernen die Kinder die Lieder und Gedichte gründlich und ausführlich. Ein bewegender Moment, wenn die kleine Mathilde «Holla, Bolla, Rumpelsack …» leise lispelt oder Marie fragt: «Wie viel Mal noch schlafen, das dauert noch so lang?»

Zum festen Bestandteil im Kindergarten gehört die Weihnachtsbäckerei in jeder Gruppe. Herrlich, wenn der Duft aus der Küche durch den ganzen Kindergarten zieht. Natürlich werden auch sofort einige Kekse probiert, aber der Rest wird aufbewahrt für die Weihnachtsfeier am letzten Kindergartentag im laufenden Kalenderjahr.

Kindermund tut Wahrheit kund, so manche Geschichte hat Frau Jessen gut in Erinnerung: Als Pastor Hans Baron mit seiner Tochter Marlina an dem Orgelgruppenfenster vorbeigeht, sagt David laut: «Guck mal, Frau Jessen, da geht der Mann von der Kirche mit seinem Kind.»

Ein Adventsnachmittag mit den Kindern – alle schön angezogen –, den Eltern und Großeltern sowie allen Erzieherinnen fördert den Zusammenhalt in der Gruppe und dient vortrefflich dem gegenseitigen Kennenlernen und Verstehen. Einmal den Kindergarten in anderer Atmosphäre zu erleben, in vertrauter Runde gelernte Lieder und Gedichte vorzutragen, dabei im Mittelpunkt zu stehen und selbst etwas zum guten Gelingen des Nachmittags beigetragen zu haben, das ist gute Tradition, die einfach weitergereicht wird.

Neben dem Basteln der kleinen Weihnachtsgeschenke für die Eltern, das sind unter anderem kleine Knetwachskerzen, leere Kartonschachteln, die ausgeschmückt werden, Lesezeichen aus unterschiedlichen Materialien oder auch ein Handabdruck, wird das Üben für den Familiengottesdienst nicht vernachlässigt. Kleine, aber feine Theaterstücke werden in der Kirche St. Martin am 3. Advent vorgeführt. Eltern, Großeltern sowie alle Kirchgänger freuen sich auf die Kindergartenkinder und deren Vorführung, denn Kinder haben ein Recht, in der Kirche zu sein. Nachdem der Gospelchor Steinbergkirche wie in jedem Jahr im Dezember sein Konzert in der Kirche St. Martin gegeben hat, bleibt das dafür aufgebaute Podest vor dem Kirchenaltar stehen, und so können dann die kleinen Schauspieler gleichfalls erhöht und für alle sichtbar ihr Weihnachtsstück zeigen. Es ist eine tolle Leistung, alle achtzig Kindergartenkinder mit einer Rolle samt Kostüm zu versehen. Trotz festen Wochenplans ist es stets ein kleines Wunder, dass die Sprechrollen so gut einstudiert sind. Die Geschichte von Maria und Josef nimmt unterschiedliche Formen an, da ist Maria schon mal «schwänger», und zwischendurch fragt Gerrit seinen Nachbarn, von wem denn sein Frühstücksei sei. Von der Krähe, von der Ente, vom Huhn? Jedes Mal verneint der Junge, und plötzlich sagt er: «Das ist von meinem Opa!», oder auch zwischen all dem weihnachtlichen Treiben muss Lisa unbedingt berichten, dass Mutti immer einen Zahnbecher Wasser auf Vati kippt, wenn dieser auf der Couch einschläft. Die Fülle, wie unterschiedlich mit dem Thema Advent und Weihnachten zu Hause umgegangen wird, ist höchst unterschiedlich und die kindliche Berichterstattung blumenreich.

Zwischenzeitlich ist noch nicht klar, ob zum Familiengottesdienst die Geschichte vom Esel, der nach Bethlehem geht, die Weihnachtsgeschichte von den sieben Hirten, die bei ihren Schafen schlafen, oder die Geschichte vom allerkleinsten Tannenbaum aufgeführt werden soll. Letztlich einigt sich die Erzieherinnenrunde auf die Eselgeschichte. Fast achtzig Kinder agieren, singen und erzählen die Geschichte von dem Esel, der auch nach Bethlehem gehen wollte, um den neuen König zu begrüßen. Und der sich nicht beirren ließ, seinen Weg einhielt, um schließlich ans Ziel zu gelangen. In diesem Jahr war es eine sehr schöne Aufführung, die die Gemeinde rührte und die den Kindern Spaß machte. Die wochenlange Vorbereitung hatte sich gelohnt, die Kostüme passten, das Mikrophon war nicht heruntergefallen, jeder konnte seinen Text, und alle sangen mit – schöner konnte es nicht werden.

Bei der Generalprobe in der Kirche mit Kostümen erklärte der Schuli Max seiner Freundin Lilly, die die Darstellung von Jesus, der gen Himmel fährt, betrachtet: «Na ja, weil Jesus etwas Besonderes ist, geht er mit seinen Knochen in den Himmel.» Es ist schon manchmal entzückend, Gespräche zwischen den Kindern aufzufangen oder völlig unvermutet Fragen zu beantworten.

Chic sehen sie alle aus, die funkelnden Sterne mit dem Stirnband. Dazu muss sich Nikolaus extra Gel in die Haare von seiner Mutter machen lassen, damit ihm nicht, wie er sagt, sein «Gehirsch» in die Augen rutscht. Die vielen Hirten mit den Flokatiumhängen, die Engel mit den ausgedienten Gardinen, Kordeln und allerlei schöne Ideen kommen in bunter Vielfalt in die Kirche. Bei diesen Aufführungen guckt die Seele aus den Augen der Kinder.

Am letzten Kindergartentag vor den Ferien wird eine Weihnachtsfeier in den jeweiligen Gruppen durchgeführt. Dafür werden die Tische als festliche Tafeln geschmückt und Mandarinen, Kekse und Kakao zum Frühstück bereitgestellt. Die Bastelsachen und Elterngeschenke werden an die Kinder verteilt, eine Geschichte gelesen und das Gruppengeschenk gemeinsam ausgepackt. So gab es in diesem Jahr einen CD-Player für die Igelkinder, ein Strategiespiel für die Teddykinder, einen Sandgarten für die Regenbogenkinder und Flocards für die Sonnenblumenkinder. Mit einem Treffen in der St.-Martins-Kirche, wo der Pastor die Weihnachtsgeschichte vorliest, und dem Wunsch für ein fröhliches Weihnachten, verbunden mit den Wünschen für ein gutes, neues Jahr, werden die Kinder nach Hause oder noch auf den Kindergartenspielplatz verabschiedet.

Der schlafende Herr Adomeit

Ingrid Horn

Am frühen Nachmittag des Heiligabends klingelte es an der Wohnungstür meiner Eltern. Wir waren gerade dabei, die Vorbereitungen für einen besinnlichen Abend zu treffen. Der Tannenbaum, der bis dahin draußen gestanden hatte, um ihn frisch zu halten, war hereingeholt worden, um ihn in den vorgesehenen Tannenbaumfuß mittels Schrauben zu stabilisieren, stand noch ungeschmückt auf der Erde. Meine Mutter war in der Küche damit beschäftigt, das Abendbrot vorzubereiten. Es sollte Kartoffelsalat mit Würstchen geben. Darauf freute ich mich immer sehr, weil meine Mutter diesen Salat so besonders schmackhaft zubereiten konnte. Im Wohnzimmer lagen schon die vielen kleinen Kästchen, in denen der glitzernde bunte Tannenbaumbehang aufbewahrt worden war. In der Wohnung, besonders im Wohnzimmer, war es wunderbar warm, weil unser großer dunkelgrüner Kachelofen, der in einer Ecke des Zimmers stand, eine heimelige Wärme verbreitete. Die Glut des Feuers aus der geöffneten Ofentür hüllte das Zimmer in einen warmen rosigen Schimmer.

Draußen war tiefster Winter. Es hatte den ganzen Morgen über ununterbrochen geschneit, sodass eine dicke Schneedecke die Straßen bedeckte. Die Straßenlaterne vor unserem Haus hatte schon eine dicke weiße Haube, und die Geräusche der wenigen fahrenden Autos und die

Schritte der Fußgänger hörten sich seltsam gedämpft an. Der fallende Schnee verschluckte jedes laute Geräusch. Morgens hatte ich noch mit meiner Freundin begeistert einen Schneemann gebaut, aber um die Mittagszeit herum verließ uns die Lust, eben auch im Hinblick auf die am Abend zu erwartende Bescherung, und wir gingen nach Hause.

Es klingelte, und meine Mutter öffnete erstaunt die Wohnungstür. Wer könnte es sein, der am späten Nachmittag des Heiligabends noch einen Besuch machen wollte. Es war Herr Adomeit, ein Bekannter meiner Eltern, der in der Nähe meines Elternhauses mit seiner Frau eine kleine Bäckerei betrieb. Auch ich kannte ihn recht gut und mochte ihn schon allein aus dem Grunde, weil er mir immer, wenn meine Mutter im Bäckerladen Brot einkaufte, ein Rosinenbrötchen, einen Berliner oder eine Tüte mit Kuchenbruch schenkte. Meine Mutter bat Herrn Adomeit ins Wohnzimmer, wo mein Vater gerade damit beschäftigt war, den Tannenbaum aufzustellen. Wir alle glaubten, Herr Adomeit wolle nur kurz ein frohes Fest wünschen, um dann nach Haus zu gehen. Er gab sich fröhlich und sehr aufgekratzt, und man konnte seinem Verhalten entnehmen, dass er schon einige Besuche absolviert hatte, bei denen ihm wahrscheinlich ein paar Gläschen Alkohol angeboten worden waren. Er war ganz einfach beschwipst. Meine Mutter meinte, er müsse nun unbedingt einen schönen starken Kaffee trinken. Ich half beim Tischdecken und Auftragen des selbst gebackenen Kuchens. Herr Adomeit, meine Eltern und ich ließen es uns gut schmecken, allerdings zwischendurch immer unauffällig auf die große Standuhr schauend, um zu sehen, wie spät es ist.

Die Zeit verging, es wurde draußen schon dämmerig. In den gegenüberliegenden Häusern erhellten sich so nach und nach die Fenster, aber Herr Adomeit machte immer noch keine Anstalten, zu gehen. Da beging mein Vater den fatalen Fehler, ihm noch einen Cognac anzubieten, den Herr Adomeit auch dankend annahm. Um in Ruhe den Tisch abzudecken und für das anstehende Abendessen wiederherzurichten, verfrachtete mein Vater Herrn Adomeit in einen Sessel, der direkt neben dem warmen Kachelofen stand. Er setzte sich, räkelte sich wohlig zurecht, legte den Kopf gegen die Rücklehne des Sessels, schloss die Augen und war im Nu eingeschlafen. So hatten wir uns den Verlauf des Nachmittags vor dem Heiligabend nun wirklich nicht vorgestellt. Wir hatten ja noch ein bisschen mit den Vorbereitungen dieses Abends zu tun. Mein Vater versuchte, Herrn Adomeit durch vorsichtiges Rütteln an den Schultern zum Aufwachen zu bringen, aber ohne Erfolg. Durch die Wärme des Kachelofens und den Genuss des Cognacs war er so tief eingeschlafen, dass wahrscheinlich nicht einmal ein Silvesterböller ihn hätte aufwecken können. Im Gegenteil, er rutschte immer tiefer in den Sessel und fing nun auch noch an, fürchterlich zu schnarchen. Was sollten wir machen? Es blieb uns nur die Möglichkeit, so zu tun, als sei der schlafende schnarchende Herr Adomeit gar nicht da. Wir schmückten unseren Tannenbaum bei leiser Weihnachtsmusik, die aus dem Radio übertragen wurde, meine Mutter deckte den Abendbrottisch, und wir ließen uns den köstlichen Kartoffelsalat und die Würstchen schmecken, immer begleitet von den lauten Schnarchgeräuschen des schlafenden Herrn Adomeit. Er hatte unser Heiligabendprogramm völlig durcheinandergebracht. Normalerweise ging ich im Laufe des

Heiligabends vor der Bescherung zu Freunden meiner Eltern, die im gleichen Haus auf der dritten Etage wohnten, um dort den Nachmittag zu verbringen. Das kinderlose Ehepaar bereitete mir jedes Jahr ein paar wunderschöne Stunden, bevor ich wieder nach unten zu meinen Eltern ging. Wir spielten zusammen «Mensch ärgere Dich nicht», «Halma» oder irgendein Kartenspiel. Dazu gab es selbst gebackene Plätzchen. An diesem Heiligabend wurde aus gegebenen Umständen daraus aber leider nichts.

Kurz vor Mitternacht, nach der Bescherung und dem Abendessen, erwachte Herr Adomeit aus seinem tiefen Schlaf, schaute ein bisschen verbiestert in die Runde, stand auf und wollte sich nun mit einer Entschuldigung verabschieden. Er hatte buchstäblich den Heiligabend bei uns verschlafen. Nun tat er uns doch ein bisschen leid. Meine Eltern und ich zogen uns warm an, nahmen ihn in unsere Mitte und brachten ihn durch winterlich verschneite Straßen nach Hause. Seine Frau hatte sich große Sorgen um ihn gemacht und schon erwogen, die Polizei einzuschalten, aber er wurde von ihr mit einer herzlichen Umarmung «in Empfang» genommen, und somit verlief wahrscheinlich auch der Rest des Heiligabends für das Ehepaar in aller Friedlichkeit.

Wieder zu Hause nach diesem unfreiwilligen, aber schönen Nachtspaziergang, wurde es aber trotzdem für meine Eltern und mich noch ein richtig schöner gemütlicher Abend. Wir sangen Weihnachtslieder, zu denen mein Vater uns auf einem Akkordeon begleitete, und mussten im Nachhinein herzlich lachen – über Herrn Adomeit!!

Das verflixte siebte Weihnachten

Margit Begiebing

20. Dezember. Viel los. Im Strom der Einkaufswütigen und Tragetaschenbepackten lässt die junge Frau sich treiben.

Zu Hause hat sie es nicht mehr ausgehalten, jetzt ist sie natürlich viel zu früh dran. Erst um sieben Uhr trifft sie sich mit Dirk. Seine Stimme klang verwundert, als sie ihn heute Morgen anrief und zum Abendessen in das kleine Lokal in einer Seitenstraße bestellte. «Ist irgendwas?»

«Ja, es ist irgendwas.»

Dirk, ihr Mann, hatte sich umständlich geräuspert. Als er gewichtig zu einer Erwiderung ansetzte, unterbrach ihn plötzliches Stimmengewirr. Anscheinend wurde sein Büro von einer ganzen Horde Kollegen gestürmt. Dirk beendete das Gespräch abrupt. «Um neunzehn Uhr also.» Rückbestätigung musste sein. Dirk ist die wandelnde Korrektheit. Er ist ernsthaft, karrierebewusst und unangreifbar. An ihm ist keine Spur von Leichtsinn. Er kleidet sich mit Sorgfalt, noch nicht einmal unmodisch, nur langweilig.

Das Schlimme ist, dass es nichts gibt, was sie ihm vorwerfen kann. Und genau das wirft sie ihm vor.

Außerdem graut ihr vor dem bevorstehenden Großfamilienweihnachtsfest. Allein schon beim Gedanken daran könnte sie verrückt werden. Sie sieht sie regelrecht vor sich, hier, jetzt, mitten im Gedränge der Hauptstraße:

Dirk, seine Eltern, ihre Eltern, seinen älteren Bruder, ihre Schwestern, die Nichten und Neffen in allen Altersstufen. Alle strahlend vor Weihnachtslust, Gabenüberraschung und Putenfreude. Seit sieben Jahren immer das Gleiche.

«Na, ihr zwei Turteltauben, immer noch kein dickes Bäuchlein in Sicht?»

Sie zuckt zusammen, weil sie glaubt, die Stimme ihrer Mutter neben sich zu hören und den abschätzenden Blick auf der Leibesmitte zu spüren, während sie vor einem Schaufenster steht, blicklos auf die Festtagsgarderobe starrt und zwischen den Schaufensterpuppen die Spiegelung ihrer eigenen Gestalt ausmacht.

Zum Kotzen ist das: eine Nacht in ihrem ehemaligen Kinderzimmer zwischen Teddys und Puppen, die nach all den Jahren immer noch auf der weißen Schleiflackkommode thronen. Die nächste Nacht in Dirks Kinderzimmer zwischen Karl-May-Büchern, Baukästen und Science-Fiction-Heften Marke Uralt. Immer schön ausgewogen, damit kein Elternpaar sich benachteiligt fühlt. Und immer die gleichen Fragen, die dummen Bemerkungen, die lustig sein sollen, es aber nicht sind: «Fleißig üben, ihr beiden, dann wird's schon werden bis nächstes Jahr Weihnachten …»

Sie packt das einfach nicht mehr.

Plötzlich findet sie sich vor einem Reisebüro wieder, starrt lange auf die Last-Minute-Plakate im Schaufenster und geht schließlich in einem Anfall von Mut hinein. Die Dame hinter dem Computer-Bildschirm lächelt milde: «Weihnachten und Silvester sind längst ausgebucht, da gibt es auch keine Einzelreisen mehr, aber danach … Für Januar habe ich supergünstige Angebote.» Danke.

Da steht sie auch schon wieder draußen. Sie lässt sich weitertreiben.

Ein paarmal hat sie versucht, mit Dirk zu reden. Aber der hat abgeblockt, hat nicht gemerkt oder nicht merken wollen, dass sie es ernst meint. «Nicht heute, Schatz. Ich weiß nicht, wo mir der Kopf steht ...»

Sie auch nicht. Genau darum hat sie Dirk an einen neutralen Ort bestellt, wo er ihr nicht ausweichen kann, nicht zum Computer oder Telefon stürzen und sich auch nicht hinter seiner ewigen Zeitnot verstecken.

Ein Blick auf ihre Armbanduhr sagt ihr, dass sie immer noch viel Zeit hat.

Sie biegt in eine schmale Seitenstraße. Es ist schon dunkel, obwohl, eigentlich war es den ganzen Tag noch nicht richtig hell. Sie hätte Stiefel anziehen sollen, ihre Füße sind Eisklumpen.

Alles war ja auch einmal anders. Bevor der Alltag unser Leben ausgehöhlt und die Arbeit uns unter sich begraben hat, denkt sie. Das Lachen ist auf der Strecke geblieben. Das schmerzt am meisten. Dirk und ich können nicht mehr miteinander lachen. Alles ist nur noch schwierig und ernst, ernst und schwierig.

Sieben Ehejahre, sieben Weihnachten, lohnt es sich überhaupt noch, weiterzumachen, fragt sie sich und schämt sich sofort für diesen Gedanken. Sie hat nicht nur alles, was sie braucht, sondern mehr, viel mehr. Ist sie also nichts weiter als ein undankbares verwöhntes Geschöpf, das den Ernst des Lebens noch nicht begriffen hat?

Sie bleibt vor der Auslage eines kleinen Antiquitätengeschäftes stehen. Da liegt eine wunderschöne Taschenuhr auf einem Tablett aus schwarzem Samt. Silber, mit ziseliertem Schnappdeckel und feinen Zeigern. Ihr Vater sammelt Taschenuhren. Diese hier wäre das perfekte Weihnachtsgeschenk. Sie versucht, den Preis auf dem winzigen

Etikett zu entziffern, aber es liegt falsch herum. Mit Absicht. Schließlich soll man hineingehen in den Laden. Hat man sich erst einmal im Schaufenster in ein Stück verguckt, ist es natürlich schwer, nein zu sagen, wenn man es in den Händen hält.

Als sie die Uhr dann wirklich in der Hand hält, fällt ihr plötzlich ein, dass sie ja beschlossen hatte, sich Weihnachten in diesem Jahr zu verweigern. Aber die Uhr ist wunderschön. Sie könnte sie bis zu Vaters Geburtstag aufheben.

Der Verkäufer ist ein alter Herr mit wachen Knopfaugen hinter winzig kleinen eckigen Brillengläsern. Sie nickt ihm zu, und er kramt nach einem Karton. «Tüte?» Sie nickt wieder. Mit einer unsicheren Bewegung zieht er eine kleine Tragetasche unter dem Tresen hervor, in die er den Uhrenkarton verschwinden lässt.

«Frohe Weihnachten», sagt er und lässt noch einen kleinen gläsernen Weihnachtsbaum in die Tüte fallen.

«Weihnachten und Glas», murmelt er dann unzusammenhängend. Sie blickt hoch. «Ich verstehe nicht …»

Jetzt sieht er verwirrt aus. «Äh, ich meine, Weihnachten und Glas, beides lieben wir, beides ist schön. Und zerbrechlich … ich meine, man kann viel kaputt machen, wenn man nicht aufpasst.»

Jetzt ist sie auch verwirrt.

«Wissen Sie», seine Augen über dem Brillenrand fangen sie ein, obwohl sie sich bemüht, ihnen auszuweichen, «ich bin ein ziemlicher Schussel. Ich mache viel kaputt, bin eigentlich gar nicht geeignet für das hier.» Er macht eine umfassende Handbewegung. «Aber mein Herz hängt an diesem Laden, ich habe meine ganzen Ersparnisse hier investiert, und ich gebe mir redliche Mühe, das, was ich liebe, nicht zu ruinieren.» Er macht eine Pause. «Aber warum erzähle ich Ihnen das? Das ist nichts Besonderes. Das tun wir schließlich alle, nicht wahr?»

Sie nickt.

Auf der Straße nimmt sie den kleinen grünen Glastannenbaum aus der Tüte. Weihnachten und Glas. Der Alte hat recht: diffizil, beides. Sehr schwierig in der Handhabung. Aber wenn man vorsichtig damit umgeht …

Sie öffnet die Tür des kleinen Restaurants. Wärme schlägt ihr entgegen. Helligkeit. Essensgeruch. Sie ist immer noch zu früh, aber Dirk ist schon da. Er steht auf und kommt ihr entgegen, Unsicherheit im Blick.

Als sie sich ihm gegenübersetzt, fragt er: «Was ist? Ich habe mir den ganzen Tag über Sorgen gemacht.»

Aus der Tüte holt sie den grüngläsernen Miniatur-Tannenbaum und stellt ihn vor Dirk hin. «Für dich.»

Fragend zieht er eine Augenbraue hoch.

«Weihnachten und Glas», sagt sie, «beides ist kostbar und zerbrechlich. So wie unsere Zukunft.»

Dirk nimmt ihre Hand. «Vielleicht … vielleicht sollten wir in diesem Jahr anders Weihnachten feiern. Zu zweit. Nur du und ich. Unseren eigenen Tannenbaum haben. Was hältst du davon?»

Sie drückt Dirks Hand und nickt. Mit einem Kloß im Hals kann man nicht antworten.

«Kommet zu mir, die ihr mühselig und beladen seid»

Hans-Dieter Seiler

Ein paar Besorgungen wollte ich noch in der Stadt erledigen, und ich hatte mir vorgenommen, wenigstens einmal in diesem Jahr den Weihnachtsmarkt aufzusuchen. Geschneit hatte es bereits am frühen Morgen. Die Überraschung wurde mir augenblicklich bewusst, als ich mit dem Hund Gassi ging. Also stellte ich mich auf die Wetterlage ein und machte mich an diesem Vormittag auf den Weg.

Der Schnee stellt für mich, wenn der Führhund mich begleitet, keine nennenswerte Belastung dar. Ein gut ausgebildeter Blindenführhund ist auf jeden Fall dazu in der Lage, mit einer solchen Situation fertig zu werden. Wenn man als Blinder seinem Führhund vertraut und zu kleineren Zugeständnissen bereit ist, muss eine plötzlich eingetretene winterliche Situation keineswegs bedeuten, zu Hause bleiben zu müssen. Wer soll die täglichen Dinge des Lebens für blinde Menschen erledigen? Heinzelmännchen gibt es nur im Märchen. Begleitpersonen stehen nicht immer und vor allem nicht dann, wenn man sie braucht, zur Verfügung. Also müssen wir uns schon selbst aufraffen und unsere Angelegenheiten in die Hand nehmen.

Zusammen mit meinem schwarzen Labrador Alex machte ich mich also auf den Weg in die Stadt. Ich hielt die Leine des Hundes und das Führgeschirr fest in der linken Hand.

«Wir gehen in die Stadt», sagte ich dem Hund, als wir draußen vor dem Haus standen. Prompt schwenkte Alex nach rechts ein in Richtung Innenstadt.

So stapften wir nun durch den Schnee unserem Ziel entgegen. Dabei schwebten die Schneeflocken um unsere Köpfe und setzten sich auf meine Mütze, den Mantel und auf das Fell von Alex nieder. Alex wollte mal kurz austicken, als er die Schneeflocken sah. «Nein», sagte ich energisch und zupfte an der Leine. Dann war wieder Ruhe, und der Hund setzte seinen Weg einwandfrei fort.

Je mehr ich mich nun in Begleitung des Hundes der Innenstadt näherte, desto intensiver wurde der auf uns einwirkende Verkehrslärm. Wenn man dann die Porzellanstraße erreicht, die in das Stadtzentrum führt, dann wird der Geräuschpegel so heftig, dass man davor am liebsten die Flucht ergreifen möchte. Wer jedoch Einkäufe zu tätigen oder Besorgungen zu machen hat, der muss da durch und kann sich dieser Belastung nicht entziehen.

Auf dem Weg in die Innenstadt befand sich zunächst die Bäckerei, die ich aufsuchen wollte.

«Alex, such Bäcker», befahl ich dem Hund, und sofort steuerte das Tier geradewegs die Eingangstür der Bäckerei an. Gleich nach einer Buchhandlung, die ich aber nicht aufsuchen wollte, befindet sich die Schlachterei. Da bedurfte es aber keines besonderen Befehls an den Führhund. Vor der Eingangstür blieb Alex sogleich stehen. «Fein», lobte ich meinen Hund. Dann öffnete ich die Ladentür, und wir betraten das Geschäft.

Unser Weg führte uns hiernach in die Fußgängerzone in Richtung Marktplatz. Viele Menschen waren an diesem Tag mal wieder unterwegs. Alex lief mehrfach Schlangenlinie, um auf diese Weise den Hindernissen auszuweichen.

Ein Leierkastenmann versuchte sein Glück. Auch er hatte sich auf das bevorstehende Weihnachtsfest eingestellt. «Alle Jahre wieder» war gerade zu hören, als wir vorbeiliefen.

Nun erreichten wir den Marktplatz und orientierten uns zunächst einmal. Ganz in unserer Nähe befand sich, wie deutlich zu schnuppern war, der Bratwürstchenstand. Von überall her vernahmen wir das Lachen der Kinder. Kreuz und quer liefen die Besucher des Weihnachtsmarktes an uns vorbei. «Such Weg», befahl ich meinem Hund. Alex lief zunächst zickzack, aber anders war der Platz wohl nicht zu bewältigen. Von links und von rechts stiegen mir interessante Düfte in die Nase. Natürlich auch meinem Hund. Es roch nach gebrannten Mandeln, Pfefferkuchen und Bratäpfeln. Alex war ganz aufgeregt. Aber schließlich gelang es mir, mein Schätzchen zu beruhigen. Da ging zwar immer mal wieder die Hundeschnauze nach unten. «Nein», sagte ich und zog an der Leine. Sicherlich lag manch ein leckeres Bonbon am Boden, ein Stück Bratwurst oder gar eine Waffel. Welcher Hund kann da schon widerstehen?

Kalt war es an diesem Vormittag, und ich hatte den Wunsch, mir einen Glühwein zu genehmigen, der mich vor allem wieder etwas aufwärmen sollte. So stand ich nun an dem Verkaufsstand und wärmte meine Hände an dem Glühweinbecher. Alex lag brav neben mir am Boden. Um mich herum bewegten sich viele fröhliche oder auch stillere Menschen. Es drangen die unterschiedlichsten Stimmen und Geräusche an mein Ohr. Ich stellte mir vor, dass die Verkaufsstände weihnachtlich geschmückt und mit bunten Lichtern beleuchtet wurden. Sicherlich waren die Menschen um mich herum angesichts der klirrenden Kälte sehr warm angezogen.

Als ich noch immer dastand und meinen Glühwein schlürfte, hörte ich ein «Hallo», das wohl mir galt, sofort stand Alex auf und sprang vor Freude hoch. Gundula war es, die mich ansprach. Vielleicht war sie ein wenig verwundert, mich und Alex hier inmitten des Getümmels anzutreffen.

«Suchst du was Bestimmtes?», fragte sie und bot ihre Hilfe an.

Obwohl auch die zahlreichen Düfte eines Weihnachtsmarktes und die Vielseitigkeit des Stimmengewirrs Informationen vermitteln können, ist es doch zuverlässiger, wenn blinden Menschen über diese persönlichen akustischen Eindrücke hinaus Beschreibungen gegeben werden. Da treten all die Dinge um uns herum aus der uns ständig umgebenden Dunkelheit heraus, bekommen Farbe und werden mit Leben erfüllt.

So erfuhr ich beispielsweise, dass das Kinderkarussell mit hölzernen Tieren bestückt und das Wasser im Becken des Brunnens, der mitten auf dem Marktplatz steht, gefroren war. Nun wunderte es mich auch nicht, dass das Plätschern des Wassers nicht zu hören war.

Nachdem ich meinen Glühwein ausgetrunken hatte und gemeinsam mit Gundula und dem Hund über den Weihnachtsmarkt schlenderte, entdeckte diese einen Stand, der ihre Neugierde weckte und auf den wir nun gemeinsam zusteuerten. Dieser Stand unterschied sich von allen anderen Verkaufsständen. Da brannten keine Lichter, und er war auch nicht besonders geschmückt wie alle anderen. Zwei Frauen mittleren Alters standen da und betrachteten nachdenklich die Passanten. Auf dem Tisch waren keine Waren ausgelegt, sondern verschiedene Broschüren und Bücher. Auf einem Plakat war zu lesen: «Kommet zu mir, die ihr mühselig und beladen seid!» Die meisten Weihnachtsmarktbesucher hasteten, wie Gundula beobachten konnte, an diesem Stand vorbei. Nur wenige blieben mal stehen und schauten, was hier angeboten wurde.

Wir traten etwas näher. Gundula konnte erkennen, dass es sich bei all den Druckschriften, die da ausgelegt waren, um Informationsmaterial verschiedener Behindertenverbände und Randgruppen der Gesellschaft handelte. Da war von Suchtkranken und Rollstuhlfahrern die Rede, von psychisch Kranken und MS-Kranken, von Blinden und Taubstummen, von Obdachlosen und Gebrechlichen jeder Art. Ob es die Mütter mit ihren Kindern waren, die Mitarbeiter eines nahe gelegenen Betriebes, die die Mittagspause nutzten, um mal schnell über den Weihnachtsmarkt zu laufen, oder gut gekleidete Bürger der Stadt. Fast alle gingen an diesem Stand vorbei und konzentrierten ihre Aufmerksamkeit vielmehr auf Süßigkeiten, Weihnachtsschmuck, Bastelarbeiten, kunsthandwerkliche Dinge oder die Imbissbuden.

Als wir da so standen, bemerkte Gundula, wie sich der Diakon der Luther-Kirche auf uns zubewegte und Alex sehr interessiert betrachtete.

«Der Hund ist bestimmt eine große Hilfe für Sie», meinte er.

«Ja», entgegnete ich und fügte noch einige Worte des Lobes über die Fähigkeiten des Hundes hinzu. Ich berichtete, dass der Hund ausgebildet wurde und dazu in der Lage ist, mich sicher durch den Straßenverkehr zu führen.

«Und was machen Sie Weihnachten?», fragte der Pfarrdiakon weiter.

Einen Moment lang überlegte ich. Was sollte ich ihm antworten?

«Ich werde Weihnachten zu Hause verbringen», gab ich zur Antwort. «Ich werde am Heiligen Abend allein sein, und auch für Silvester habe ich keine Einladung.»

«Was werden Sie so allein machen?», fragte er.

«Ganz sicher werden wieder einige Freunde anrufen. Ich werde Musik hören. Vielleicht wird im Fernsehen etwas Interessantes angeboten. Eventuell werde ich nach der letzten abendlichen Runde mit Alex zu einem frühen Zeitpunkt ins Bett gehen.»

Bis zum Fest vergingen noch fast zwei Wochen, als Gundula mich anrief, um mir einen Text aus der Zeitung vorzulesen:

«Gemeinsam die Einsamkeit überwinden! Allein zu sein ist schwer, einsam zu sein noch schwerer. Die Kirchengemeinde bietet alleinstehenden Menschen (Senioren, Behinderten, Obdachlosen) am Heiligen Abend ein gemeinsames Dach. Kommet zu mir, die ihr mühselig und beladen seid. Niemand muss am Heiligen Abend allein sein, wenn er nicht will. Das Gemeindehaus der Luther-Kirche ist am Heiligen Abend ab neunzehn Uhr geöffnet. Sie alle sind herzlich eingeladen.»

Einen Augenblick lang überlegte ich, nachdem ich den Zeitungstext gehört hatte. Ist denn damit zu rechnen, dass mich am Heiligen Abend jemand aus dem Bekanntenkreis oder der Familie zu sich einladen wird, um mit mir gemeinsam Weihnachten zu feiern? Als ich darüber nachdachte, musste ich feststellen, dass mich in den vergangenen Jahren tatsächlich niemand eingeladen hatte. Warum sollte es, so fragte ich mich, in diesem Jahr anders sein?

Ich dachte also über die Einladung der Kirchengemeinde nach und entschloss mich, dort hinzugehen und Weihnachten mal ganz anders zu feiern.

Zunächst besuchte ich in Begleitung meines Führhundes den Gottesdienst. Die Kirche war, wie immer Weihnachten, bis auf den letzten Platz besetzt. Mittlerweile haben sich die Kirchenbesucher auch an meinen Führhund gewöhnt. Anfangs gab es auch dort schon mal eine unpassende Bemerkung: Was ist das denn für ein neumodischer Kram? Wie kann es sein, einen Hund in die Kirche mitzubringen?»

Aber Alex hat sicherlich hier selbst Überzeugungsarbeit geleistet. Mein Hund legte sich stets in den Gang, wenn ich einen Platz in der Kirchenbank eingenommen hatte, und verhielt sich ganz ruhig und friedlich. Nach dem Gottesdienst, als die vielen Menschen aus der Kirche strömten, machte ich mich zusammen mit meinem Hund auf den Weg ins Gemeindehaus, welches sich gleich neben der Kirche befindet. Ich war da keineswegs allein. Um mich herum standen oder bewegten sich viele Menschen, die sich von der Einladung der Kirchengemeinde angesprochen fühlten.

Alex wurde unruhig und wedelte mit der Rute. Das konnte nur bedeuten, dass er einen Bekannten wiedererkannte. Eine männliche Stimme begrüßte mich.

«Ich freue mich, dass auch Sie gekommen sind.»

Für einen Moment überlegte ich, wer das sein konnte. Auch war die enorme Geräuschkulisse um mich herum ein Grund dafür, dass ich die Stimme des Mannes, der mich hier ansprach, nicht sofort erkannte.

«Erinnern Sie sich noch an den Weihnachtsmarkt?», wurde ich gefragt. Dann war alles klar. Es war der Pfarrdiakon der Luther-Gemeinde, der sich, wie immer mal wieder in der Stadt zu hören ist, rührend um alte Menschen, Behinderte und Hilfsbedürftige kümmert.

«Wie kann ich Ihnen jetzt helfen», wurde ich gefragt.

«Laufen Sie einfach voraus. Der Hund wird Ihnen folgen», gab ich zur Antwort. «Alex, folge», befahl ich dem Hund. Alex führte mich nun in den Gemeindesaal, der Pfarrdiakon sorgte dafür, dass ich einen guten Sitzplatz bekam. Alle Besucher nahmen an kleineren Tischen Platz. Diese waren gedeckt und weihnachtlich geschmückt. Dies bemerkte ich, als ich mit den Händen in einen Tannenzweig fasste und mich pikste. Danach berührte ich eine Kerze, die auf dem Tisch stand, an der ich mir die Finger verbrannte. Man muss sich ja schließlich informieren, auch wenn es wie in diesem Fall danach ein wenig wehtat. Jetzt wusste ich, dass sich hier einige Zeitgenossen Mühe gegeben hatten, eine angenehme weihnachtliche Atmosphäre zu schaffen.

Nun saß ich da und war sehr gespannt darauf, was noch geschehen würde. Rings um mich herum entstand ein lautes Stimmengewirr, je mehr Gäste den Raum betraten. Eine Zeit lang bewegten sich die Menschen kreuz und quer im Raum, bis dann Ruhe einkehrte.

Mit einer Weihnachtsmelodie, die auf einem Harmonium gespielt wurde, begann der Abend. Ich erkannte jedoch rasch ein mir vertrautes Phänomen, denn an meinem Tisch hatte bisher kein weiterer Gast Platz genommen. Ähnliches erlebte ich beispielsweise in Gaststätten. Das mag keine böse Absicht sein, aber ganz bestimmt ein hohes Maß an Unsicherheit gegenüber Blinden. Die Sehenden unter sich haben es da entschieden leichter. Der Augenkontakt, dessen sich die Menschen bedienen, spielt hier eine ganz entscheidende Rolle, wer da mit wem kommuniziert. Gerade blinde Menschen sind da in ganz erheblichem Maße benachteiligt. Ich möchte alle Mitbürger dazu ermutigen, auf Behinderte einfach zuzugehen. Viele Mitmenschen tun sich anfangs schwer im Umgang mit Behinderten. Reagieren Sie, wenn Ihnen beispielsweise ein Blinder begegnet, ganz normal, dann können Sie gar nichts falsch machen.

Nun vertraute ich darauf, dass es einer der Helferinnen im Gemeindehaus gelingen würde, noch weitere Gäste sozusagen an meinen Tisch zu deligieren. Die Alternative wäre gewesen, aus Resignation den Raum zu verlassen und zu gehen. Aber das wollte ich auf keinen Fall tun. Also entschloss ich mich, nach einem anderen Tisch Ausschau zu halten, was jedoch nur mit Hilfe des Führhundes gelingen konnte.

Ich stand auf, was auch der Hund sofort tat.

«Alex, such Bank», befahl ich. Zunächst liefen wir an einigen Tischen vorbei. Suchend bewegte Alex seinen Kopf mal in die eine und in die andere Richtung. Es dauerte eine ganze Weile, bis der Hund vor einem Tisch stehen blieb und die Schnauze auf den Sitz eines Stuhles legte. «Ist hier noch Platz für mich?», fragte ich, und tatsächlich bekam ich eine Antwort. Ich wurde aufgefordert, Platz zu nehmen. Mehrere Leute saßen bereits an diesem Tisch, und auch ich setzte mich. Dann lobte ich meinen Hund, wie sich das gehört, wenn Alex seine Sache gut gemacht hat. Danach legte sich mein Hund unter den Tisch.

Eine Helferin der Kirchengemeinde – in den meisten Fällen sind es ja immer die Frauen, die solche Aufgaben dankenswerterweise übernehmen – sorgte rasch dafür, dass auch ich ein Abendbrot bekam. Einer der Gäste klärte mich darüber auf, dass es Würstchen und Kartoffelsalat gab. Ruhiger wurde es erst dann, als die Gäste ihre Würstchen verzehrten.

Dem Abendbrot folgte ein besinnlicher Teil. Es wurden Geschichten vorgetragen und gemeinsam Lieder gesungen, denn Weihnachten ist ein Fest der Begegnung sowohl mit Jesus Christus als auch mit den Mitmenschen. Jesus hat uns eingeladen mit den Worten: «Kommet zu mir, die ihr mühselig und beladen seid!» Also halten wir Gemeinschaft mit unseren Brüdern und Schwestern im Herrn. Wenn wir unseren himmlischen Vater von ganzem Herzen lieben und den Nächsten wie uns selbst, dann ist Gott in uns und wir in ihm.

An meinem Tisch hatte ein älterer Herr Platz genommen. Man unterhielt sich miteinander, und so konnte ich erfahren, dass der Herr neben mir auch allein war, weil vor zwei Jahren seine Frau verstorben ist. Ich berichtete, dass ich seit einigen Monaten allein lebe. «Mir wäre zu Hause sicherlich die Decke auf den Kopf gefallen», gestand ich, «sodass ich mich dazu entschloss, hier ins Gemeindehaus zu kommen.»

Irgendwann kam auch der Diakon der Luther-Gemeinde an unseren Tisch. Irgendwie kam das Gespräch auf das Thema Weihnachtsgeschenke. Wir wurden gefragt, was wir bekommen hatten und ob sich mit den Geschenken auch unsere Wünsche erfüllt hätten.

«Ich denke, man freut sich immer über Geschenke, die man von Angehörigen oder Freunden bekommt.» Einen Augenblick lang überlegte ich und fügte noch hinzu: «Irgendetwas fehlt mir aber manchmal. Ich wünsche mir über all die Dinge hinaus, die man in Geschäften kaufen kann, noch etwas anderes. So kommt es vor, dass ich morgens wach werde und mich frage, was fange ich wohl mit dem heutigen Tag an? Wie kann ich den heutigen Tag sinnvoll gestalten?» Der Gedanke, jetzt jemanden anrufen und ein wenig reden zu können, drängt sich auf. Leider suche ich auch schon mal nach einem lieben Mitmenschen, mit dem ich eine Tasse Kaffee trinken könnte, in den meisten Fällen vergebens. Gäbe es dann einen Menschen, der genauso allein und einsam ist wie ich, der mich genauso braucht wie ich ihn, dann wäre dies ein Geschenk von besonderem Wert. Ich würde gern gemeinsam mit anderen Menschen lachen und alles tun, was Spaß macht. Man könnte gemeinsamen Interessen nachgehen, eine kulturelle Veranstaltung besuchen oder mal im Wald spazieren gehen. Es gibt so viele Dinge im Leben, die nicht einmal etwas kosten, aber sehr viel Freude bereiten.

Wäre da nicht der immer wiederkehrende Stress, dem wir uns aber leider nicht entziehen können, dann hätten wir viel häufiger auch mal Zeit für die Sorgen und Probleme anderer.

Zunächst herrschte am Tisch ein betretenes Schweigen. Hatte ich da nun etwas angesprochen, was für meine Tischnachbarn ein Problem darstellte? Nach kurzer Zeit jedoch ergriff der ältere Herr, dessen Frau vor einiger Zeit verstarb, das Wort. «Daraus lässt sich doch etwas machen», meinte er und bat mich, ihm meine Telefonnummer zu geben. Er versprach, mich mal anzurufen. Dies tat er nach den Feiertagen auch, und wir verabredeten uns für den Neujahrstag. Er kam in meine Wohnung, wir plauderten recht angeregt miteinander und genehmigten uns ein Glas Rotwein. Fortan trafen wir uns immer mal wieder. Mal machten wir einen Spaziergang, mal besuchten wir ein Restaurant oder ein Café. Es geschah in der Folgezeit genau das, was ich mir zu Weihnachten so sehr gewünscht hatte.

«Danke», möchte ich an dieser Stelle sagen, zum einen diesem älteren Herrn, der sich meiner annahm. Danken möchte ich aber auch ganz besonderes unserem Herrn Jesus Christus. Gottes Sohn ließ es geschehen, dass mir hier ein Mensch begegnete, der mich auf seine Weise ein wenig aus der durch die Blindheit bedingten Dunkelheit herausführte.

Was ist eigentlich aus Josef geworden?

Margret Küllmar

«Oma, was war Josef für ein Typ?», fragte Jonas. Die beiden waren dabei, die große Weihnachtskrippe im Wohnzimmer aufzubauen.

«Oh, das ist eine gute Frage», antwortete diese nachdenklich und nahm die Figur des Josefs aus der Kiste. Ein nicht mehr junger, durchschnittlich aussehender Mann mit schütterem Haar. Sie hielt den Josef einen Augenblick in ihrer Hand und stellte ihn dann links von Maria, ein wenig weiter hinten, im Stall auf.

Dann begann sie zu sprechen: «Man weiß nicht viel von ihm, in der Bibel wird nur wenig über ihn berichtet, jedenfalls im Vergleich zu Maria. Er war Marias Verlobter, und er ist bei ihr geblieben, obwohl diese nicht von ihm schwanger war. Ich will mir gar nicht ausmalen, was passiert wäre, wenn er sie sitzen gelassen hätte. Er hat sich mit ihr auf den beschwerlichen Weg nach Bethlehem gemacht, sie beschützt, für eine Herberge gesorgt, und er war bei Jesu Geburt dabei. Dann hat er die Flucht nach Ägypten organisiert und auch weiterhin für seine Familie gesorgt. Er war wohl einer von den Stillen im Lande, einer, der tut, was wichtig und notwendig ist, sich bescheiden im Hintergrund hält und nicht viele unnötige Worte macht.»

«Siehst du, deshalb habe ich mir die Rolle des Josefs beim Krippenspiel ausgesucht, da muss ich nicht so viel Text lernen», sagte Jonas und grinste über das ganze Gesicht.

«Na ja», antwortete die Oma nachdenklich, «ob das die passende Rolle für dich ist? Josef kommt nicht laut polternd wie die Hirten daher und auch nicht so prachtvoll wie die Könige. Er ist einfach nur da und doch so wichtig.»

Dann erzählt sie weiter: «Als ich Kind war, habe ich auch beim Krippenspiel mitgemacht. Einmal war ich die Maria, und mein Josef, das war ein entfernter Cousin von mir, Wilfried hieß er, er war genau der Richtige für diese Rolle, er tat still und leise das, was er für seine Pflicht hielt, und machte überhaupt kein Aufhebens davon, er war viel zu gutmütig. Für sein Wirken wurden meist andere gelobt. Was aus dem wohl geworden ist?»

Jonas fragte erstaunt: «Du legst doch sonst so viel Wert auf Familie und Verwandtschaft, dauernd erzählst du mir etwas von Onkeln und Tanten, die ich gar nicht kenne, und von deinem Josef weißt du nichts?»

Die Oma dachte laut nach: «Jedenfalls nicht viel. Nach der Schule ist er aus unserem Dorf weggegangen, seine Eltern sind längst tot, ihr Haus wurde abgerissen. Es ist leider häufig so, dass solche Menschen in Vergessenheit geraten, da geht es ihnen wie dem Josef aus der Bibel.»

«Hat er denn keine Frau und keine Kinder?», hakte Jonas nach.

«Ich habe nie etwas davon gehört», sprach die Oma weiter, «als wir Goldene Konfirmation hatten, kam er allein.

Er erzählte, dass er im Rhein-Main-Gebiet lebe, in einer kleinen Wohnung, er war Krankenpfleger geworden, damals ziemlich ungewöhnlich für einen Mann.»

«Passt aber zu ihm», stellte Jonas fest, dieser Mann begann ihn zu interessieren. «Und dann?», fragte er.

«Ich habe ihn seit der Goldenen Konfirmation nicht mehr gesehen, irgendwann habe ich mal gehört, er habe einen Unfall gehabt und dabei das Augenlicht verloren. Jetzt würde er irgendwo in einem Pflegeheim leben», berichtete die Oma und fügte nachdenklich hinzu: «Vielleicht müsste sich mal jemand drum kümmern.»

Jonas wurde energisch: «Nicht vielleicht jemand, sondern ganz bestimmt wir.»

«Aber wie denn, wo sollen wir denn mit der Suche anfangen?», fragte die Oma ratlos.

«Lass mich das machen», sagte Jonas, «wozu gibt es denn das Internet und das Handy. Wenn wir deinen Josef finden und besuchen, ist das bestimmt ein wunderbares Weihnachtsgeschenk für ihn.»

«Ach, Junge, für mich auch», sagte die Oma, «ich glaube, du bist doch die richtige Besetzung für den Josef.»

Das Schlummerle

Martina Tischlinger

Bester Stimmung saß ich in der Küche, summte «Leise rieselt der Schnee» und klebte einem Holzengel den angeknacksten Flügel fest. Obwohl ich den Weihnachtsschmuck sorgfältig in Kartons und Zeitungspapier aufbewahrte, zeigten sie kurz vor ihrem Einsatz am Christbaum ihre Macken. Was trieben die Engel, Pferdchen und Weihnachtsmänner das Jahr über auf dem Dachboden?

Lena, mein Töchterchen, kam hereingesaust, sie hatte den Arm voll Spielsachen. «Morgen ist doch letzter Schultag, und wir dürfen unser Lieblingsspielzeug mitbringen», sagte sie atemlos. «Was soll ich mitnehmen? Das Schlummerle, die Barbie, den Teddy, den Wauzi-Hund oder Flipper?» Dann seufzte sie so tief aus vollem Kinderherz, dass ich schmunzeln musste.

«Welches ist denn dein Liebling?» Ich fand, Lena war mit ihren acht Jahren alt genug, um Entscheidungen in dieser Größenordnung selbst treffen zu können. Ohne groß nachzudenken, schoss sie hervor: «Das Schlummerle!»

Ich zupfte sie an einer Haarsträhne. «Und warum fragst du mich dann?»

«Weil das Schlummerle so alt ist.»

Erwartungsvoll schaute Lena mich an. Im Alter verliert man nun mal an Attraktivität, dachte ich und rubbelte Kleber von meinen Fingern.

«Du hast es doch trotzdem lieb.»

Lena legte den Kopf schief. «Okay», sagte sie und tappte mit ihren Puppen und Plüschtieren wieder zurück in ihr Kinderzimmer. Überzeugt war sie von ihrer Wahl und meinem Ratschlag allerdings nicht. Als sie schon in ihrem Schlafanzug auf dem Bett saß, sagte sie: «Aber der Wauzi bellt so lustig, wenn man ihm auf den Bauch drückt.»

Am Morgen durfte dann doch die Schlummerle-Puppe mit in die Schule. Mittags machte ich Fischstäbchen mit Kartoffelsalat; neben Wiener Würstchen, Pommes und Apfelstrudel Lenas eindeutiges Leibgericht. Aber als ich ihr die Tür öffnete, rannte sie wortlos an mir vorbei und, ohne sich die Schneestiefel auszuziehen, direkt in ihr Zimmer. Ich wartete einen taktischen Moment, dann ging ich ihr nach. «Schatz, es gibt Fischstäbchen.»

Lena hockte auf ihrem Bett, die Arme verschränkt und die Lippen zusammengepresst.

«Jetzt sind sie noch schön heiß und richtig knusprig.» Hinter sich auf das Kopfkissen hatte sie ihre Wollmütze gepfeffert, aus der Schlummerles Beine herausguckten.

«Was hast denn du für ein dreckiges Lumpenkind, hat die Monika gesagt», brach Lena endlich ihr Schweigen. «Die Karo und die Melanie hatten ihre Barbies dabei und die Anette ihren Teddy. Und dann haben sie alle Lumpenkind zu ihr gesagt.» Dabei warf sie einen Blick über ihre Schulter. Nicht einmal mehr anfassen mochte sie ihre Mütze, in der sie die peinliche Puppe verhüllt hatte. Ich versuchte sie zu trösten, aber meine Worte kamen nicht an. Bockig gab sie der Mütze einen Stoß, damit sie nur ja auf den Boden knallte. Dann lief Lena rüber ins Zimmer ihres Bruders, rammte demonstrativ ein paar Spielzeugautos aneinander und wünschte sich wahrscheinlich, lieber ein Junge zu sein.

Ich hob das Schlummerle vom Boden auf und legte es vorsichtig in meinen Arm, um ihm nicht wehzutun. Es brach mir fast das Herz, als ich es anschaute. Ein Auge klemmte, und so starrte die Puppe einäugig, selbst wenn man sie zum Schlafen legte. Das Schlummerle war Lenas erste Puppe und hatte nie einen Namen bekommen. Es war halt das Schlummerle. Bisher durfte es überall dabei sein. Im Urlaub, bei Ausflügen, wenn Lena krank war, schlief es mit im Bett und bekam ein Pflaster auf die Stirn. Manchmal hätte ich fast eifersüchtig auf die Puppe werden können, denn Lena flüsterte ihr Geheimnisse ins Ohr, die sie mir nicht anvertraute. Sanft wollte ich ihr durchs Haar streichen, aber ich blieb stecken. Ihre blonden Locken waren vom Frisieren klebrig, von Lockenwicklern und meinem Haarspray, von Apfelsaft und Bonbon-Fingern. Lena hatte ihr mit Nagellack die Fingerkuppen rot angemalt, etwas davon war über das Händchen gelaufen. Das Schürzenkleid war aus der Form – von den unzähligen Abenteuern, die die beiden miteinander erlebt hatten. Kleine Risse und Löcher hatte ich zusammengeflickt. Kein Wunder, dass sie keinen Schönheitswettbewerb in der Schule gewinnen konnte. Aber ihre Seele war doch noch intakt! Die spürten die Kinder nicht, ihre grausamen Kindermünder sprachen aus, was sie sahen: ein dreckiges Lumpenkind.

Ich nahm das Schlummerle mit.

Lena war so verärgert, dass sie tatsächlich nicht bemerkte, dass das Schlummerle die zwei Tage bis Weihnachten aus ihrem Kinderzimmer verschwunden war. In dieser Zeit machte ich aus dem Schmutzfinken ein (wieder) herzallerliebstes Mädel. Ich wusch ihr das Haar mit Kindershampoo, entfernte den Nagellack, seifte ihr Arme und Beine ab und nähte nachts heimlich dem Schlummerle ein neues Kleid. Ein schickes, modernes aus Jeansstoff mit Knöpfchen und weißen Spitzenbordüren. Ich übertraf mich selbst. Auch bei der Frisur klopfte ich mir anerkennend auf die Schulter: Ich hatte duftige Wellen geföhnt, die nach Aprikosen dufteten. Das Schlummerle bekam auch neue Strümpfe, die ich strickte, und Schuhe aus Lederresten. Kurz bevor ich die Puppe unter den Weihnachtsbaum setzte, band ich ihr noch rote Schleifen ins Haar und entfernte mit einer Pinzette das Steinchen, das hinter Schlummerles Auge klemmte.

«Eine neue Puppe!», rief Lena, kaum dass sie ins weihnachtlich geschmückte Zimmer gehuscht war. Dann hielt sie inne und betrachtete die Puppe erst einmal aus der Ferne. «Aber das ist ja …»

Dann riss sie ihren Liebling unter den Tannenzweigen hervor und drückte ihn fest an sich.

Das Schlummerle durfte am Abend beim Weihnachtsessen neben Lena auf einem eigenen Stuhl sitzen. Und mir war warm und zufrieden ums Herz.

Bildete ich mir das ein? Hatte mir das Schlummerle beim Nachtisch zugezwinkert? Oder klemmte das Auge einfach nur noch ein wenig?

Weihnachtsmann in Nöten oder Was für eine Bescherung

Jörns Oewerdieck

Ich hatte mich bei der Hamburger Vermittlungsstelle für Weihnachtsmänner registrieren lassen, weil ich die drei wichtigsten Voraussetzungen für einen Einsatz am Heiligen Abend erfüllen konnte: das notwendige Kostüm, ein Auto als Fortbewegungsmittel und vor allem Zeit. Dennoch hatte ich darum gebeten, mich nur als Ersatzmann heranzuziehen.

Am Nachmittag des 24. Dezember hatte ich es mir vor dem Wohnzimmerfenster gemütlich gemacht und beobachtete vom Sessel aus die kleinen Schneeflocken, die unaufhörlich zur Erde rieselten. Plötzlich klingelte das Telefon, und eine männliche Stimme sagte: «Hier ist die Vermittlungsstelle für Weihnachtsmänner. Es tut mir leid, aber soeben ist der Notfall eingetreten. Sie müssen bitte als Krankenvertretung einspringen. Von der herrschenden Grippeepidemie haben Sie wahrscheinlich schon in den Nachrichten gehört. Seien Sie so nett und fahren Sie gleich in den Ulmenweg Nummer dreizehn zu der in der ersten Etage wohnenden Familie Möller. Dort warten ein kleiner Junge und seine ältere Schwester auf die Bescherung, die für sechzehn Uhr dreißig vereinbart worden ist. Der Jutesack mit den Geschenken steht unten im Hausflur. Bitte, seien Sie pünktlich. Wenn Sie sich etwas beeilen, können Sie es schaffen. Den finanziellen Teil regeln wir später. Ich wünsche Ihnen jedenfalls gutes Gelingen.»

Der Anrufer hatte gut reden, denn viel Zeit stand mir nicht zur Verfügung. Rasch verkleidete ich mich als Weihnachtsmann und lief zu meinem alten, klapprigen Wagen, den ich wegen eines fehlenden Unterstandes am Straßenrand geparkt hatte. Zunächst fegte ich mit einem Handbesen den frisch gefallenen Schnee von den Autoscheiben. Dann startete ich den Anlasser, doch der Motor gab nur ein röhrendes Geräusch von sich. Ich wiederholte den Startvorgang mehrere Male und war der Verzweiflung nahe. Nach dem sechsten Versuch sprang endlich der Motor an. Wegen der verschneiten Straßen konnte ich auch nicht zügig fahren, und so kam ich erst nach der vorgesehenen Bescherungszeit im Ulmenweg, einer engen Verbindungsstraße, an.

An diesem Nachmittag schien mir das Pech an den Stiefeln zu kleben: Ich fand einfach keinen Parkplatz. Nach langem Suchen entdeckte ich eine eigenartigerweise frei gelassene schmale Parklücke an der Bahndammseite, die ich jedoch nur direkt von vorn ansteuern konnte. Mit etwas Schwung fuhr ich in die Lücke hinein und hörte auf einmal ein kratzendes Geräusch. Aufgrund der Vorwärtsneigung des Wagens wusste ich sofort, dass ich in einem neben der Straße verlaufenden Graben festsaß, den ich infolge des Schneefalls nicht erkannt hatte. Schnell legte ich den Rückwärtsgang ein und gab kräftig Gas und versuchte so, das Auto wieder auf die Fahrbahn zu bringen, aber die Vorderräder drehten durch und gruben sich auf diese Weise tiefer in den matschigen Untergrund ein. Was für eine Bescherung.

Mein in den Graben gerutschter Wagen ragte mit dem Heck mehr als einen Meter auf die Straße und stellte so ein Hindernis für den vorbeifahrenden Verkehr dar. Daher konnte ich die Unglücksstätte auch nicht verlassen, sondern musste auf Hilfe warten. Ich war aus dem Fahrzeug gestiegen, als plötzlich neben mir ein Pkw stoppte und die junge Fahrerin polterte: «He, Weihnachtsmann, ist das dein Auto, das da verkehrswidrig geparkt wurde? Ja? Dann lass dir bloß zu Weihnachten einen Führerschein schenken.»

Es müssen wohl weitere zehn Minuten vergangen sein, als zufällig ein hilfsbereiter Monteur, der mit einem Werkstattwagen mit der Aufschrift Notdienst unterwegs war, meine missliche Lage erkannte. Mit Hilfe eines Abschleppseiles, das er an den beiden Fahrzeugen befestigte, gelang es, meinen festgefahrenen Wagen aus dem Straßengraben zu ziehen. Als ich mich bei dem netten Handwerker mit einem Trinkgeld bedanken wollte, lehnte dieser es mit den Worten ab: «Lieber Weihnachtsmann, es war mir eine

Ehre, dir gerade heute helfen zu können. Ich denke, du musst dich jetzt sicher sputen. Es ist schon siebzehn Uhr fünfzehn.»

Nachdem ich mein Auto in einen mittlerweile frei gewordenen Parkplatz gelenkt hatte, lief ich in das Wohnhaus Nummer dreizehn und fand im Eingangsbereich den mit Geschenken gefüllten Jutesack, den ich mir rasch schnappte. So hetzte ich die Treppe zum ersten Stockwerk hinauf, wo mir auf dem mittleren Absatz ein abwärtsgehender Weihnachtsmann begegnete, der mir ein freundliches «Hallo, Kollege!» zurief.

Oben angekommen, sah ich sogleich eine angelehnte Wohnungstür. Nach einem flüchtigen Blick auf das Namensschild war ich davon überzeugt, dass ich hier schon sehnsüchtig erwartet wurde.

Mit dem Sack auf dem Rücken stapfte ich durch den Flur, und nach einem dreimaligen Klopfen öffnete ich die Zimmertür. In dem festlich geschmückten Wohnraum saß unter dem Weihnachtsbaum ein vielleicht fünfjähriges Mädchen, das gerade eine Puppe von dem Geschenkpapier befreit hatte und mich mit großen Augen anstarrte. Auch das neben dem Kind stehende junge Ehepaar guckte derart verblüfft, dass mir schlagartig bewusst wurde, wohl in die falsche Wohnung gegangen zu sein. Ein wenig hilflos fragte ich das Mädchen: «Wo ist denn dein kleiner Bruder?» In meiner Not griff die Mutter rettend ein und erklärte: «Lieber Weihnachtsmann, du hast wahrscheinlich etwas vergessen? Du warst doch eben schon da und hast unserem einzigen Kind die Geschenke gebracht.»

Dabei zog sie mich am Ärmel in den Flur zurück und flüsterte mir zu: «Wir haben Sie gar nicht bestellt. Sie müssen sich in der Wohnungstür geirrt haben. Wir heißen

Müller. Am Heiligen Abend kommt immer nebenan bei der Familie Möller ein Weihnachtsmann, den eine Agentur schickt. Übrigens, der Opa hat bei unserer Tochter gerade vorhin den Weihnachtsmann gespielt. Sie müssten ihm eigentlich noch im Treppenhaus begegnet sein. Er wollte nur sein Kostüm in den Wagen legen und dann sofort zurückkehren.»

Nach dem fehlerhaften Auftritt klingelte ich nun bei der Familie Möller, die mich verhältnismäßig freundlich empfing. Allerdings zischte mir der Vater entgegen: «Warum bist du so spät dran? Wir wollten uns schon bei der Agentur telefonisch beschweren.» Trotz allem wurde es besonders für das Geschwisterpaar eine schöne Bescherung. Ich sehe immer noch die strahlenden vier Kinderaugen, und die Freudenschreie waren für mich mehr als eine Belohnung.

Beim Fortgehen steckte mir der Vater an der Haustür einen Geldschein zu und meinte versöhnlich: «Weihnachtsmann, ich glaube, du bist neu in dem Geschäft. Dennoch hast du deine Sache ganz gut gemacht und darfst gerne wiederkommen. Sei dann aber bitte pünktlich zur ausgemachten Zeit.»

Nach dem ganzen Fiasko überlege ich jetzt, ob ich nicht die Vermittlungsstelle darum bitten soll, mich in der Liste als Weihnachtsmann zu streichen. Denn wer weiß, ob es nächstes Jahr nicht noch schlimmer kommen wird.

Der Engel mit dem Schnauzbart

Ingrid Knuth

Schon wieder Weihnachten. Zum sechsundsiebzigsten Mal. Aber diesmal sollte es wundervoll werden. Voller Wunder. Um das zu verstehen, muss man die Geschichte kennen.

Plötzlich stand er neben der blauen Mülltonne für Papier. Schnauzbart, Brille, Jogginghosen. Irgendwo zwischen vierzig und fünfzig. Woran hätte ich ihn erkennen sollen? Er hatte ja nicht einmal Flügel! Er reichte mir die Hand. Stellte sich vor: «Andreas L.» Ich schüttete meine Plastiktüte in das Loch des gelben Containers. Begrüßte ihn. Er sagte: «Ich habe gehört, Ihr Mann ist schwerkrank. Wenn Sie mal Hilfe brauchen …»

Hilfe! Einen Tag vorher war ich bei der Diakoniestation. Die boten Rat an «Rund ums Alter». Alle hatten mir zugeredet. «Du kannst nicht immer alles alleine machen! Lass KH. von der Sozialstation betreuen!» Es stimmte. Ich fühlte mich sehr erschöpft.

Der Umzug vom Lande in die Stadt war einfach zu viel. Das Haus verkauft. Mehr als die Hälfte der Möbel, Bücher, Bilder und sonstigen Kram verkloppt, verschenkt, zerhackt, verbrannt.

Aus der Traum! Ade, zweihundertjährige Reetdachkate! Leb wohl, alte Linde! Tschüs, Blick auf die Ostsee, macht's gut, ihr knorrigen Apfelbäume, ihr meine geliebten Rosen, auf Wiedersehen ihr zu Freunden gewordenen Nachbarn ... «Johanna geht, und nimmer kehrt sie wieder.»

KH. kann fast nur noch liegen, hat vom Bett aus dirigiert, was er unbedingt mitnehmen wollte. Dann haben wir ihn und den Rollstuhl ins Auto verfrachtet. Sohn Jan und ich waren erleichtert, ihn gut nach Berlin kutschiert zu haben. Die Strapazen hatten ihn mitgenommen. Er ist sehr schwach, kann kaum mehr gehen.

Alles hatte vor drei Jahren mit einem «Rums» begonnen. Jan war noch nach Wochen blass um die Nase, wenn er berichtete: «Ich hatte Angst, Papa stirbt in meinen Armen.» Blutsturz, Tatütata, Notarztwagen, Klinik. Diagnose Krebs.

Eine Odyssee nahm ihren unheilvollen Lauf. Operationen, Herzinfarkt, Schlaganfall. Und natürlich Verdienstausfall von uns beiden Freiberuflern. Also Hausverkauf. War leider nicht so einfach. Die Schulden türmten sich. Endlich – nach mehr als einem Jahr – eine Käuferin. Und dann kamen die Engel gleich von allen Seiten! Halfen bei der Wohnungssuche, beim Verpacken, Verladen, Aus- und wieder Einräumen. Jans Freunde, Nachbarn, Klienten, Kollegen.

Und nun auch noch Andreas! Nach seinem unerwarteten Angebot fiel KH. eines späten Abend zwischen Couch und Tisch. Ich schaffte es nicht, ihn wieder hochzubekommen. Da saß er nun, ein Häufchen Unglück. Ich war ratlos. Da rief ich diesen uns fremden Mann am späten Abend an. Hilfe!!!

Nach kaum fünf Minuten stand er mit seinem Sohn an der Tür. Beide packten KH. beherzt und bugsierten ihn ins Bett.

Von nun an ist Andreas täglich zur Stelle, hilft KH. beim Duschen, «verarztet» ihn, bringt ihn ins Wohnzimmer, damit er an unserem Leben teilhaben kann. Und abends befördert er ihn wieder ins Bett.

Das hört sich alles nüchtern an. Wie er das macht, ist das Besondere. Er ist sanft wie Florence Nightingale, einfühlsam, humorvoll. Resolut, wenn's nötig ist. Und er hat das tatsächlich gelernt, ist ausgebildeter Krankenpfleger, frühpensioniert, war selbst krank. Er wohnt im selben Haus und ist jederzeit erreichbar. Ein Engel! Ein Engel, der inzwischen mit seiner Familie zum Freund geworden ist.

Und es ist fast wie ein Wunder: KH. blüht auf, kann sich besser bewegen, wieder lachen. Die helle neue Wohnung im Bunten Haus, die hilfsbereiten Mitbewohner, der Ausblick in den Park, alles hilft beim Heilen. Und natürlich KH.s Glaube

Heiligabend! Weihnachten kommt ja bekanntlich immer so plötzlich. Diesmal kam es schon zwei Monate später. Andreas hatte geholfen, den Weihnachtsbaum aufzustellen. KH. wollte diesmal unbedingt einen ganz großen, der bis zur Decke reichen sollte. Nun stand das Prachtexemplar in der Stube, geschmückt mit allem Glitzerkram, den ich über den Umzug gerettet hatte. Die Päckchen für uns und Sohn Jan lagen auf der roten Engelchendecke darunter bereit. Doch vor der Bescherung wünschte sich KH., in den Berliner Dom zu fahren. Endlich wieder einmal unter der gewaltigen Kuppel mit dem Heiligen Geist zu sitzen! Kein einfaches Unterfangen. Das ging natürlich auch nicht ohne unseren Engel. KH. in den Rollstuhl, mit Mühe ins Auto, Rollstuhl im Kofferraum verstauen. Dann mit Jan ab durch die erleuchtete Stadt. Für KH. der erste Ausflug seit Monaten! Er strahlte. Und im Dom bekamen wir Ehrenplätze, ehe die übrigen Besucher eingelassen wurden. Schließlich hatte KH. eine Sendung über «100 Jahre Berliner Dom» gemacht. Mit Buch und Regie zur ersten Fünf-Punkt-Eins-Sendung des RBB. So weckte die Musik der Sauerorgel Erinnerungen an eine wundervolle Veranstaltung mit geladenem Publikum direkt im Dom. Immer wieder drückte KH. meine Hand und reichte sie auch zu Jan herüber. Unsere Blicke sagten: «Was für ein Wunder!»

Aber wie feiert ein Engel das Christfest? Und was schenkt man ihm «Englisches»? Etwas Materielles kommt doch wohl nicht in Frage, oder doch? Wir entschließen uns für ein Buch über KH.s Leben, in dem Andreas schon mal neugierig geblättert hatte. Ich hatte es meinem geliebten Partner zur Goldenen Hochzeit geschrieben. Es war ein dicker Wälzer von über dreihundert Seiten geworden. Mit Dokumenten und Fotos von seiner Familie und seiner und unserer gemeinsamen Geschichte.

Es geschah etwas Unerwartetes. Andreas, unser Schnauzbartengel, drehte sich schnell zur Wand. Dicke Tränen liefen ihm übers Gesicht. Da stand er vor den brennenden Kerzen hier in unserer Wohnung und hielt unbeholfen sein Paket für uns in der Hand. Fernanda, seine portugiesische Ehefrau, hatte in mühevoller Handarbeit Geschenke für uns gehäkelt. Sie kannte meine Freude an etwas Besonderem. Dafür konnte ich mich mit eigenen gerahmten Fotos revanchieren. Dann gab es noch ein paar Überraschungsgeschenke und ein festliches Essen mit Freunden. Was für ein wundervolles Weihnachtsfest!

Und immer wieder kommt uns der Vers von Dietrich Bonhoeffer in den Sinn:

«Von guten Mächten wunderbar geborgen
erwarten wir getrost, was kommen mag.
Gott ist mit uns am Abend und am Morgen
und ganz gewiss an jedem neuen Tag.»

Schwimmen im Glück

Holdger Platta

Erwin hatte ihnen den Tipp gegeben. Es war schon dunkel, als er den Jungen unterhalb der Eintrachtstraße an der Bahnstrecke die geheime Nachricht zuflüsterte. Bei der Konditorei Hoffmann würden sie noch ganz tolle Sachen kriegen, richtige Tortenstücke zum Beispiel, Teilchen und so …

Es war der Sankt-Martins-Tag des Jahres 1952, ziemlich kalt und windig, manchmal auch Regen, aber kein Schnee bisher. Unten polterte soeben ein Güterzug vorbei. Andreas war gerade acht geworden. Und die Fuchsgrube, die Waldgegend, in der die Villen der Schlotbarone standen, war der reinste Reinfall gewesen.

«Ist aber ganz schön weit weg!», maulte Emil.

Aber Andreas und Hotte hatten schon die herrlichsten Windbeutel im Kopf. «Dann bleib eben hier! Wir gehen!»

Natürlich kam Emil mit. «Ssinter Mätes Vögelsche hat son root Kapögelsche …» Wäre auch noch schöner gewesen, Andreas und Hotte allein die Tortenstücke kriegen zu lassen! «Na also», sagte Hotte, «aber geht schnell, sonst haben uns die von der Blötte schon alles weggeschnappt!» Andreas wusste natürlich Bescheid. Die von der Straße drüben auf der anderen Seite der Bahngeleise, hoch über dem Tal, waren seit Jahren ihre Todfeinde.

Sie nahmen ihre Stoffbeutel wieder auf und marschierten los. Erst über die Holzbrücke an der Bahnebeeke, dann den Nonnenstieg hoch. Nur im Osten, dort, wo die Abstichflammen der Hochöfen loderten, war am Himmel noch Licht zu sehen.

«Nachher sollten wir nochmal die gizzige Kressmann ärgern!», sagte Hotte.

«Stimmt!», sagte Emil. «So eine geizige Ziege!

Andreas erinnerte sich. Vor drei Jahren, als die furchtbare Alte aus der Haustür herausgeschossen war und die Jungen angeschrien hatte. «Weg da, ihr Blagen, weg da, ich gebe nichts!» Als ob sie in ihrem Keller Hänsel und Gretel eingesperrt hätte.

Seitdem hatten sie es immer wieder gerufen, wenn sie an dem schwarzen Häuschen der bösen Hexe vorbeigekommen waren: «Dat Huus, dat steiht uff eenem Pinn, da wohnt die gizzige Kressmann drin!»[1]

Sie hatten die Alte, die ihnen zum Sankt-Martins-Tag nichts hatte geben wollen, nie mehr gesehen seither. Komisch eigentlich.

«Leben tut sie aber noch!», sagte Hotte. «Meine Mutter hat sie mal beim Metzger getroffen.»

Inzwischen hatten sie die Saarner Straße erreicht. Links ab nun, rauf über den Berg an der Eisengießerei Klosters vorbei, dann, bevor es nach unten zur Rennbahn in Raffelberg ging, rechts die Duisburger Straße hinunter zur Konditorei Hoffmann. Manchmal hörten sie in der Dunkelheit auch andere Kinder irgendwo singen. Sie waren nicht die Einzigen, die noch unterwegs waren. Manche sangen furchtbar falsch, fand Andreas. Ob die wohl trotzdem in den Himmel kämen?

[1] «Das Haus, das steht auf einem Pfahl, da wohnt die geizige Kressmann drin!» (Übersetzung: HP)

«Weiß einer von euch, wie spät es eigentlich ist?» Emil sah Hotte und Andreas fragend an.

«Och, sicher noch vor acht!» Na, ob das stimmte? Hotte ging schon rüber auf die andere Straßenseite. Andreas und Emil folgten ihm. Sie waren alle etwas aufgeregt, denn so spät waren sie noch nie unterwegs gewesen!

«Hei, es fängt ja an zu schneien!» Andreas zeigte auf die Flocken, die man im Licht einer Straßenlaterne tanzen sah. Jetzt gingen sie direkt auf den hellen Schein am östlichen Himmel zu. Emils Vater arbeitete dort, direkt am Hochofen. Die Mutter von Andreas mokierte sich immer darüber. «Auffe Arbeit», hatte Emils Vater einmal gesagt. Und «mir» und «mich» verwechselte er auch immer. Eigentlich sollte Andreas gar nicht mit Emil befreundet sein, hatte Mutter gesagt, der sei zu dämlich. Andreas war aber trotzdem mit Emil befreundet.

Sie hatten jetzt die katholische Volksschule erreicht. Rechts im Dunkeln hinter dem gepflasterten Hof konnte man das Gebäude kaum erkennen. Und schon gar nicht mitten in dieser steinkohlenschwarzen Nacht hinter den Büschen, das Gartenhäuschen daneben, die Unterkunft des alten Sawicki, den einige Halbwüchsige vor drei, vier Jahren zusammengeschlagen hatten. «Polackensau!», hatten die zu ihm gesagt, bloß weil er ein bisschen gebrochen sprach. Andreas hatte das nicht verstehen können und Emil und Hotte auch nicht.

«Da drüben ist es schon!», sagte Hotte. «Prima, überall ist noch Licht an!»

Links, hinter den Wiesen, konnte man etwas von den Pappeln an der Rennbahn erkennen, denn auch über der Nachbarstadt, die gleich dahinterlag, jenseits von Schleuse und Ruhr, sah man am Himmel den Widerschein der

Hochöfen. Was die Kinder wohl bekommen würden? Die Köpfe platzten fast vor Erwartung.

Und dann sangen sie auch schon vor der Konditorei Hoffmann ihr Lied: «Ssinter Mätes Vögelsche hat son root Kapögelsche – geflogen, gestohlen, wiiiet, wiiiet över de Rhien, wo die fetten Ferkels siiien! Jutt Frau, giv uns watt, all die Hünerkes legen watt. Da boowen in de Höghte, da hang de langen Wööschte, giv uns die langen, lott die kotten hangen! Lott uns nit so lange ston, wii wolle auch noch weiterjonn …!»[1]

Die Tür öffnete sich, eine Frau mit freundlichem Gesicht schaute heraus. «Ihr seid aber spät dran!», sagte sie. «Na, woll'n mal sehen, was wir noch haben …»

Und dann drehte sie sich um, und Hotte und Emil und Andreas bekamen jeder eine große bunte Tüte, und als sie hinterher nachsahen, waren erstklassige Kekse und Schokolade und Apfelsinen und Nüsse und sogar ein richtiger Mohrenkopf darin, und Hotte rief: «Habe ich es nicht gesagt!?» Und Andreas und Emil schrien vergnügt: «Jetzt noch die Kressmann ärgern! Schellemänneken machen ist das Mindeste!»[2]

1 «Sankt Martins Vögelchen hat ein rotes Köpfchen, geflogen, gestohlen, weit, weit über den Rhein, wo die fetten Ferkel sind. Gute Frau, gib uns was, all die Hühnerchen legen was! Da oben auf dem Dachboden, da hängen die langen Würste. Gib uns die langen, lass die kurzen hängen! Lass uns nicht so lange stehen, wir müssen auch noch weitergehen!» (Übersetzung: HP. Die Bedeutung des Wortes «Kapögelsche» ist übrigens umstritten; manche Kenner des Mülheimer Platts meinen, damit sei nicht ein Köpfchen gemeint, sondern ein Mantel, andere, man habe darunter eine Kapuze zu verstehen. Entsprechend unterscheiden sich die Auffassungen, um welchen Vogel es sich hier eigentlich handelt: um einen Truthahn oder um eine Gans oder …?)

2 Aus Schabernack an fremden Haustüren klingeln.

Wie durch das Glück trotteten sie bei Klosters über den Berg zurück, ganz so, als hätten sie was fürs Leben gelernt. Der Schnee fiel dichter und dichter, auf den Zaunpfählen begannen weiße Zylinder zu wachsen, und alles, was man im Licht der Straßenlaternen erkennen konnte, fing an, rundlich auszusehen. Die Jungen wussten, wenn sie die gizzige Kressmann geärgert hätten, stünde auch schon fast das Weihnachtsfest vor der Tür. Und Andreas ahnte bereits, was er endlich bekommen würde: ein richtiges Fahrrad! Das würde reichen für seine Weltreisen bis zum Entenfang und zum Baldeneysee und zum Seerosenteich mit der Schinderhanneshöhle im Duisburger Wald und zu allen Geheimnissen des Erdballs – fast bis an die Grenzen der eigenen Phantasie.

«Feine Sache, die Konditorei Hoffmann!», sagte Emil.

«Guter Tipp von Erwin gewesen!», sagte Hotte.

Andreas aber hielt den Mund, weil er gerade so im Glück schwamm.

Das unsichtbare Christkind und die gefundene Puppe

Lieselotte Benedict

Ich stand am Küchenfenster und schaute hinaus in den winterlichen Wiesengarten. Die Äste des großen alten Nussbaumes zeichneten schwarze unregelmäßige Linien in den grauen Winterhimmel. Etwa auf Erwachsenenkopfhöhe über der zugeschneiten Wiese hatte Tante Hedwig die nassen, langärmeligen weißen Leinenunterhemden meines Großvaters auf den vom Stamm des Nussbaumes zum Zwetschgenbaum gezogenen Draht aufgehängt. Die Hemden waren mit großen, selbst geschnitzten Holzklammern an dem über den Draht geschlagenen Saumende befestigt. Die Hemdsärmel hingen nach unten, und alles war in der Kälte gefroren. Ich stellte mir vor, wie Tante Hedwig die Hemden von der Leine nahm, und dann alle Hemden die Arme in die Luft streckten, als ob sie sich ergeben wollten. Ich hätte die Ärmel zu gerne heruntergebogen, aber das war bei Strafe verboten, weil, wie Tante Hedwig sagte, sie dann abbrechen würden.

Mit grob beschuhten Schritten kam Tante Hedwig in die Küche. Stellte sich hinter mich und schaute ebenfalls durchs Küchenfenster. «Da», sagte sie ganz aufgeregt und deutete mit dem Zeigefinger in Richtung Leinenhemden, «siehst du's nicht?» – «Da, schau nur – jetzt verschwindet es hinter der Hausecke.» Ich schaute angestrengt Tante Hedwigs aufgeregter Stimme hinterher. «Da hinten am Zaun, guck doch nur, die Flügel und das glitzernde weiße lange Kleid, wo schaust du denn hin, nein, da hinten, jetzt ist es wieder weg.» Es war zum Verzweifeln, warum sah immer nur Tante Hedwig das Christkindchen und ich nie? Ich schaute eben immer in die falsche Richtung.

«Da», sagte sie und hielt mir zwei Weihnachtsplätzchen hin, Ausgestochenes, einen Stern und eine Trompete. «Die hat das Christkindchen eben verloren.» Ich nahm sie ihr andächtig aus der Hand und dachte daran, dass sie mich öfter auf den roten Abendhimmel aufmerksam gemacht hatte, der deutlich zeigte, dass das Christkind Weihnachtsplätzchen backte.

Wenn doch nur im Winter die Riesenbetten nicht so

kalt gewesen wären! Sie wurden von der Mutter mit Wärmflaschen zur Schlafengehzeit vorgewärmt. Es gelang mir nie, mich so lange wach zu halten. Ich schlief meist vorher auf der Bank hinter dem Küchentisch ein. Gingen die Großen dann schlafen, dann nahm mich meine Mutti mit in ihr Riesenbett.

Es muss an einem jener Wintertage gewesen sein, als ich etwas planlos im Haus herumlief. In der großen Stube wurde nur bei ganz besonderen Gelegenheiten Feuer gemacht, zum Beispiel an Weihnachten. Dann stand der Weihnachtsbaum in der Nähe des Ofens. Wenn man die Ofenklappe öffnete, funkelten die silbernen Kugeln «Für Kaiser und Reich» von der Mutter. Der Schein der schimmernden Kugeln fiel auf die Äpfel und die vom Christkind gebackenen Plätzchen, die am Weihnachtsbaum hingen. Niemand wäre es eingefallen, hartes, elektrisches Licht einzuschalten.

Die Vorfreude erfasste mich und bewegte mich so sehr, dass ich begann, um den großen, in der Mitte der Stube stehenden Esstisch mit seinen Stühlen herumzulaufen. Ich lief immer schneller und rum, und rum und klatsch, fiel ich der Länge nach hin. Erschrocken schnappte ich nach Luft, als eine große, rechteckige Schachtel unter dem guten Plüschsofa meine Aufmerksamkeit auf sich zog. Ich robbte etwas in Richtung Schachtel, streckte den Arm aus und zog sie hervor. Ich setzte mich auf. Der Sturz war vergessen. Mein ganzes Bemühen galt dem Öffnen des Deckels, der ein wenig klemmte, sich aber dann doch von mir abheben ließ. Was war das? Da lag eine Puppe vor mir. Eine wunderschöne große Puppe. Ich liebte meinen Bären sehr, aber ich hatte nie *so* etwas Schönes besessen. Ich nahm die Puppe aus dem Karton, und vor Begeisterung schrie es mit mir. Ich muss so gefährlich geschrien haben, dass das ganze Haus zusammenlief.

Meine Mutti war zuerst zur Stelle. Sie nahm mich auf den Arm und tröstete mich. Ich klammerte mich an die Puppe. Ich merkte, dass man mir die Puppe wegnehmen wollte. Ich bin nicht zu beruhigen. Auch Tante Hedwig kommt gelaufen. «Da», ruft sie, «das Christkindchen», und deutet zur Tür, «siehst du es nicht? Jetzt geht es durch die Kammer, da durch das Küchenfenster, nein, da musst du hinschauen, komm, wir erwischen es noch.» Ich rutsche von Muttis Arm, renne hinter Tante Hedwig her zum Küchenfenster, um das Christkindchen zu sehen. Ich sehe wieder kein Christkindchen, dafür war die Puppe weg.

Bevor ich mich meinem Verlustschmerz hingeben konnte, versprach mir die Tante Hedwig ein «Griebchen». Das war etwa ein halbes Häuschen Schokolade, das immer in der oberen Schublade im Vertiko lag. Das war eine Kostbarkeit, die mich immer tröstete. Die Puppe wollte ich trotzdem wieder. «Welche Puppe», meinte Tante Hedwig. Ich lief vor ihr her und erklärte mit großer Gestik, wo ich die Puppe gesehen und wie ich sie gehalten hatte. Aber unter dem Plüschsofa war keine Puppe. Auf meinem Arm war auch keine Puppe. «Siehst du», meinte Tante Hedwig, «du siehst die Puppe und ich nicht, und ich sehe das Christkindchen und du nicht.» Nun war ich aber ganz schön verwirrt. Tante Hedwig nahm mich auf den Arm und gab mir das Griebchen, das mit meinen Tränen leicht salzig schmeckte.

«Weißt du was», meinte Tante Hedwig, «wir nehmen jetzt die Axt und gehen auf die Ringe, ein Bäumchen holen.» «Die Ringe» war der Name unseres Waldstückes. Und dort wollten wir nun hingehen und einen Weihnachtsbaum schlagen. Wie der Blitz war ich in meinen dicken Schuhen, in Wintermantel, Mütze und Handschuhen. Und wenn's auch draußen kalt war, jedenfalls mal weg von den Rechenaufgaben.

Wir stampften durch den verschneiten Wiesengarten, vorbei an den gefrorenen Hemden direkt auf Christkindchens Spuren in den frischen Winterwald. Nach einigem Suchen fanden wir unseren Weihnachtsbaum. Tante Hedwig durchtrennte seinen Stamm mit einigen gezielten Axtschlägen. Im Fallen stützte er sich auf die ebenfalls noch kleine Nachbartanne. Aber Tante Hedwig packte ihn bei den Füßen, sodass er auf den schneebedeckten Waldboden glitt; dann marschierte sie los und zog ihn hinter sich her. Ich kurz hinterdrein, hielt unseren Weihnachtsbaum an einem Ast, und es war mir, als hielte ich ihn bei der Hand. Wir hinterließen eine eigenartige Spur im Schnee.

Zu Hause angekommen, stellten wir die Tanne in der großen Scheune in eine Ecke. Dort sollten wir ihn hinstellen, hatte das Christkindchen der Tante Hedwig gesagt. Und wenn ich schön brav wäre, würde das Christkindchen den Baum an Weihnachten dort holen und wunderschön für uns alle schmücken. Das waren aufregende Aussichten. Ich schlich auch in den nächsten Tagen immer wieder in die Scheune. Besonders schwer fiel es mir, so lange schön brav zu sein. Es wäre nicht nur für mich furchtbar gewesen, wenn das Christkind nicht gekommen wäre, ich hätte ja auch das ganze Haus um das Weihnachtsfest gebracht.

Aber o Wunder, als ich am ersten Weihnachtstag, nach einer fast schlaflosen Nacht, die steile Stiege hinunterrannte, war das Christkind wirklich da gewesen. Da stand der wunderschön geschmückte Weihnachtsbaum, und, ich konnte es nicht fassen, darunter lag die wunderschöne Puppe. Es brauchte die ermunternden Worte meiner Mutti, bis ich wagte, die Puppe anzufassen. Ich fürchtete, sie könnte wieder verschwinden. Doch dann drückte ich sie hemmungslos an mich und rannte mit lautem Jubel im ganzen Haus herum. Zwei Mahlzeiten lang kriegte ich vor Aufregung keinen Bissen hinunter. Ich war nur damit beschäftigt, die Puppe festzuhalten. Abends kam ich kaum in meinen Schlafanzug, da ich ja die Puppe nicht ablegen konnte. Natürlich nahm ich sie mit ins Bett, und hätte mich nicht letztendlich doch die Müdigkeit übermannt, dann hätte ich zu gerne der Puppe zuliebe überhaupt auf jeglichen Schlaf verzichtet.

Weihnachten in Andersrum

Heike Denzau

In dem fernen Land Irgendwo, gleich um die Ecke, liegt das Dörfchen Andersrum. Und der kleine Ort hat seinen Namen wahrhaftig verdient, denn in Andersrum ist zwar nicht alles, aber doch sehr vieles andersrum. In der Andersrumer Schule bekommen die Kinder, wenn sie etwas ausgefressen haben, zur Strafe keine Hausaufgaben auf. Dann ärgern sie sich fürchterlich, denn sie gehen alle gern zur Schule. Schließlich besteht das Schuljahr fast nur aus Ferien. Die Kinder gehen zwei Wochen im Herbst, zwei Wochen zur Weihnachtszeit und zwei Wochen zu Ostern in die Schule. Am meisten freuen sie sich auf den Sommer. Dann dürfen sie sechs Wochen am Stück in ihre hübsche, kleine Dorfschule gehen. Wer nun aber glaubt, die Andersrumer Kinder seien dümmer als andere, na, der täuscht sich gewaltig. Denn weil sie so gerne in die Schule gehen, lernen sie besonders fleißig und schnell.

Andersrum ist auch das Wetter in Andersrum. Im Sommer schneit es aus allen Wolken, und im Juli und August sieht man die Kinder auf dem zugefrorenen Dorfteich Schlittschuh laufen.

So richtig heiß ist es dagegen im Winter. Im Dezember und im Januar gibt es wohl keinen Tag unter dreißig Grad, und die Kinder kommen im Badeanzug in die Schule. Wer nun aber glaubt, die Andersrumer Kinder könnten im Dezember zur Weihnachtszeit für das Christkind keinen Schneemann bauen, na, der täuscht sich gewaltig. Denn in Andersrum hat jede Familie einen riesigen Kühlschrank. Nur für Schnee. Im Juli, wenn es schneit, wird er gefüllt bis an den Rand und erst im heißen Dezember wieder geöffnet. Und wie man sich denken kann, sind die Andersrumer Kinder die schnellsten Schneemannbauer der Welt. Schließlich müssen sie es schaffen, die orangerote knubbelige Möhrennase in das Schneemanngesicht zu drücken, bevor es wieder davonfließt.

Die Weihnachtszeit ist also auch für die Andersrumer eine ganz besondere Zeit. Eine Zeit, in der es fast jeden Tag Rührei gibt, denn die Kinder pusten jede Menge Eier aus. Auf die Eier malen sie Weihnachtsmänner, Sterne und Rentiere und schmücken damit den Weihnachtsbaum. Dann werden noch Gänseblümchen und Anemonen in den Baum gehängt. Schließlich blühen im Dezember alle Blumen.

Und weil in Andersrum die Enten und Gänse am Heiligabend lieber im Sonnenschein auf dem Dorfteich paddeln, gibt es als Festmahl Grillwürstchen und Salat. Und natürlich Pommes rot-weiß. Wer nun aber glaubt, die Pommes seien in Andersrum fettarm und gesund, na, der täuscht sich gewaltig, denn sie sind aus sahnigem Vanilleeis. Der Ketchup besteht aus fruchtiger Erdbeersauce, und die Mayonnaise ist süße weiße Schokolade. Und nach dem Essen? Ja, dann warten die Kinder auf den Weihnachtsmann. Wie überall auf der Welt. In ihren Bäuchen scheinen tausend Ameisen zu kribbeln, und vor Aufregung haben alle rote Apfelbäckchen. Und wenn der Weihnachtsmann dann endlich in der festlich geschmückten Stube steht, ist die Freude der Kinder fast unbeschreiblich. Wer nun aber glaubt, dass sie sich so freuen, weil der Weihnachtsmann ihnen viele Geschenke bringt, na, der täuscht sich gewaltig. Denn in Andersrum bringt der Weihnachtsmann den Kindern keine Geschenke, sondern er holt welche bei ihnen ab! Und die Kinder freuen sich darüber. Schon zu Ostern hat ihnen der Osterhase den Wunschzettel des Weihnachtsmannes gebracht. So haben die Kinder acht Monate Zeit, viele kleine und ab und zu auch einmal ein großes Geldstück in ihre Spardose zu werfen, um das gewünschte Spielzeug kaufen oder auch basteln zu können. Und wenn der Heilige Abend dann näher rückt, packt jedes Kind sein Spielzeug hübsch ein. Die Jungen verschenken gerne Autos und Bagger aus lackiertem Holz oder blankem Metall, die Mädchen dagegen lockenköpfige Puppen oder ein spannendes Lesebuch. Wer nun aber glaubt, der Weihnachtsmann behalte die schönen Geschenke für sich, na, der täuscht sich gewaltig. Denn er bringt sie zu den armen Kindern der Welt, die noch nie ein Spielzeug besessen haben.

Darum können die Andersrumer Kinder es kaum erwarten, dass der Weihnachtsmann seinen geflickten braunen Jutesack öffnet und sie ihre Geschenke hineintun dürfen.

Und wenn der große Sack dann bis obenhin gefüllt ist und die Päckchen fast hinausspringen wollen, dann kullert dem Weihnachtsmann schon einmal vor Freude eine kleine Träne in seinen weißen Rauschebart. Und wenn er den schweren Sack dann unter Ächzen und Stöhnen in seinem Schlitten verstaut hat, verschwindet er mit einem fröhlichen Winken in der warmen Winternacht. Wer nun aber glaubt, die Andersrumer Kinder freuten sich darüber, dass sie keine Geschenke bekommen, na, der liegt genau richtig! Denn weil sie die einzigen Kinder auf der Welt sind, die nichts bekommen, sondern etwas geben, hat der Weihnachtsmann etwas ganz Besonderes für sie. Etwas, um das die anderen Kinder sie vielleicht beneiden würden, wenn sie es wüssten. Denn wenn der Weihnachtsmann alle Geschenke an alle Kinder auf der Welt verteilt hat, kommt er zurück in das kleine Dorf, und die Andersrumer Kinder dürfen in dem nun leeren Schlitten mit dem Weihnachtsmann eine Runde oder auch zwei oder drei über ihr festlich geschmücktes Dorf fliegen. Und wenn sie dann im Morgengrauen endlich im Bett liegen, freuen sie sich schon auf das nächste Weihnachtsfest, wenn der Weihnachtsmann kommt und die Geschenke holt. Denn jemand anderem etwas zu schenken ist genauso schön, wie selbst etwas geschenkt zu bekommen. Vielleicht sogar noch schöner!

Wehrmanns Weihnacht

Werner Heiß

Im Gedenkjahr 2005 blickten wir Österreicher auf die Jahre 1945/55 zurück. Zusammenbruch, Wiederaufbau und erlangte Freiheit durch den Staatsvertrag wurden umfassend beleuchtet und gewürdigt. Die Feiern «Fünfzig Jahre Österreichisches Bundesheer» waren für 2006 schon angekündigt. Das allgemeine Gedenken erweckt nun in mir, der ich am allerersten Tag eingerückt bin, die außergewöhnliche Stimmung der ersten Ausbildungsmonate, einige an sich unbedeutende Begebenheiten leuchten seither als nicht verlöschende Kerzen auf meinem inneren Christbaum.

Zehn Jahre nach dem furchtbaren Ende der deutschen Wehrmacht hat sich Österreich entschlossen, wieder ein Heer aufzurüsten. Jahrgang 1937 wurde zuerst zur Musterung befohlen. Als meine Einberufung für den 1. Oktober 1956 auf dem Tisch lag, überfielen mich Vorstellungen von Strapazen und Schikanen und üble Bilder der Vätergeneration. Sicher, Strapazen blieben nicht aus, aber alles in allem gestaltete sich der sogenannte Präsenzdienst zu einem Erholungsurlaub.

Mein Leben vorher hatte in der Schule stattgefunden, was dreizehn Jahre Stillsitzen erzwungen hatte, verbunden für einen mittelmäßigen Kopf mit viel Stress durch ständig drohende Prüfungen. Die zwei Wochen Weihnachtsferien boten Erholung durch Herumtollen im Schnee auf Rodel, Eislaufschuhen, Skiern oder auch ohne

Sportgerät im Winterwald. Und nun spielte sich ein Gutteil der Tagesarbeit auf solche Weise ab. Mit dem ersten Schnee, damals im Talkessel von Lienz in Osttirol, meiner Garnison, schon Mitte November entstand der Eindruck von Weihnachtsferien. Den Talboden umrahmt eine vielgestaltige Bergkulisse, sie hat maßgeblich zu jenem Wohlgefühl beigetragen. Die Ausbilder führten uns auf immer wieder andere Heiden, über Weiden, durch Wälder, durch Schluchten, an gefrorene Wasserfälle und zu Bergseen. Die Flockenherde, die der Wind zuweilen vor uns hertrieb, schuf Adventsgefühle, und die vermummten Nadelbäume, vor allem bei Nachtübungen, umgaben uns wie «O Tannenbaum». Über den militärischen Zweck unseres Tuns ließ ich getrost Offiziere und Unteroffiziere sich den Kopf zerbrechen. Ich genoss vor allem das lang entbehrte unbeschwerte Durchatmen in reinster Waldluft. Gewiss, viele Kameraden waren mit echtem Eifer bei der Sache. Solche begegneten mir später als Berufssoldaten oder in anderen Uniformen wieder.

Wenn nicht gerade eine Dienstverpflichtung bestand, gewährten die Abende bis zweiundzwanzig Uhr freien Ausgang. Die einzigen Sorgen, die uns begleiteten, waren, ob der Sold für den Durst reiche und dass man den Zapfenstreich nicht versäume. Diese ungewohnte Leichtigkeit des Daseins verlieh dem uns gastfreundlich gesinnten Städtchen einen eigenen Zauber. Mit der Brauerei am Stadtrand, der Burg in der Mitte, den Resten der einstigen Stadtmauer und dem Schloss auf der Anhöhe wirkte es in dem damals noch schummerigen Licht wie von den Romantikern gemalt oder gar wie die Städtchen im Hintergrund mancher Tiroler Krippen.

Knapp vor dem eigentlichen Fest erhielt die Hälfte der

Kompanie ein paar Urlaubstage, ich gehörte dazu. Zur Heimfahrt diente der Korridorzug von Lienz durch das italienische Südtirol nach Innsbruck. In Matrei am Brenner stieg ich aus, hatte aber nach Schönberg noch einen Sieben-Kilometer-Fußweg zu erledigen. Am Abend des 23. Dezember stand ich also am Matreier Bahnhofsplatz und schickte mich an zu gehen. (Zu Hause gab es weder Telefon noch ein Fahrzeug.) Da erschien ein Motorrad, hielt an meiner Seite, ein etwa gleichaltriger Matreier Bursche, vom Sehen flüchtig bekannt, fragte mich nach meinen Absichten, lud mich ein zum Aufsitzen und brauste mit mir davon. Was in Tirol zum Leidwesen der Touristiker manchmal vorkommt, Weihnachten ohne Schnee, das Wipptal war aper[1], die Luft föhnig lau. Trotzdem stieg ich, ohne Mantel und ohne Mütze, steif gefroren vom Motorrad. Meine Eltern und Geschwister saßen gerade beim Abendessen. Noch nie hatte mir eine warme Stube so wohlgetan und der herzliche Empfang mich so gerührt.

Nachher nahmen mich meine Eltern mit zur Chorprobe. Es ging um die Weihnachtsmesse von Kempter für die Christmette. Ein Sänger hatte einen Urlaubsgast mitgebracht, der Musiklehrer aus Paris flocht als Einmannorchester seine Geigenstimme ein. Wie der Heilige Abend samt Mette am nächsten Tag ablief, darüber fehlt mir jegliche Erinnerung. Aber – seit dreißig Jahren lebe ich in Zirl – hier erklingt in der Christnacht vom gut geschulten Chor, begleitet von unterschiedlichen Orchesterbesetzungen, alljährlich diese Kempter-Messe. Jenen Probenabend mit der schlanken, geschmeidigen Solovioline des Pariser Professors und auch die bescheidenen, aber lieben Stim-

[1] schneefrei

men von damals – hervorgehoben jene meiner verstorbenen Eltern – höre ich mit. Die ganze Stimmung jenes Abends wird wieder lebendig, der Motorradfahrer, der aus dem Dunkel auftauchte und für mich die doppelte Strecke fror, wie auch die Wärme des heimatlichen Nestes.

Die Fortsetzung des Wehrdienstes im neuen Jahr empfand ich etwas weniger romantisch, je nach Witterung war die Kälte grimmiger, tiefer der Morast, die Berganstiege erschöpfender. Insgesamt rann mehr Schweiß. Trotzdem kommt mir folgender utopische Gedanke in den Sinn: Könnten nur alle Soldaten dieser Welt gleich mir an Leib und Seele unversehrt ins Zivilleben zurückkehren! Oder gar wie in meinem Fall, wo Weihnachten – oder andere Lieblichkeiten – fünfzig Jahre danach das Gedenken beherrschen.

Winterbilder

Ilse Mucks

Vom Schnee bedeckt,
ganz bleich erstreckt
sich eines Baumes Weite –
der Laut verstummt,
ich bin vermummt,
weil's eisig ist und schneite.

Der Atem stockt,
der Winter hockt
auf Erdreich, Zäunen, Bäumen –
des Baches Lauf
hält Starre auf,
dass nunmehr er kann träumen.

Das Eis, es blitzt,
ein Vogel sitzt
geplustert zwischen Zweigen –
so ab und an
zieht's Wolken ran,
dann tanzen Flockenreigen.

Auf Dorfes Teich
ein Kinderreich,
Schlittschuhe Spuren kratzen –
aus Vogelhaus fällt Futter raus,
gar munt're Spatzen schwatzen.

Das glitzert, blinkt,
wenn's Sonne trinkt,
zeigt sich vom Unverwandten –
es blendet mich, verzaubert dich,
kristallisiert Brillanten.

Inhalt

Im November 2009 veröffentlicht der Rowohlt Taschenbuch Verlag **Band 24** der **«Weihnachtsgeschichten am Kamin»**. Außerdem sammeln wir Beiträge zum Buch **«Weihnachtsgeschichten mit Kindern»**.

Wenn Sie sich, liebe Leserinnen und Leser, mit einem Beitrag beteiligen möchten, schicken Sie ihn bitte ausschließlich an:

Ursula Richter/Barbara Mürmann
Postfach 60 55 64
22250 Hamburg

Ihre Geschichte sollte bitte nicht länger als fünf Manuskriptseiten (pro Seite 30 Zeilen à 60 Anschläge) und bis spätestens Anfang März 2009 bei uns eingegangen sein.

Von den vielen uns eingesandten schönen Geschichten hat die eine oder andere durchaus noch die Chance, wenn nicht in diesem, dann in einem der nächsten Bände der «Weihnachtsgeschichten am Kamin» veröffentlicht zu werden.

Wir freuen uns über eingesandte Manuskripte, können jedoch weder für sie haften noch in jedem Fall Korrespondenz führen. Die Einsendung der Manuskripte erfolgt unverbindlich; eine Veröffentlichung kann nicht garantiert werden.

Eine Rücksendung erfolgt nur auf ausdrücklichen Wunsch und wenn ein ausreichend frankierter Rückumschlag beigefügt ist.